JN201811

与一と坂額

天慶前夜

市村嘉平
ICHIMURA Kahei

文芸社

目次

与一と坂額

「坂額御前《はんがくごぜん》の腹巻《はらまき》。その草摺《くさずり》に傷はなかった」

佐々木盛綱《もりつな》の郎等《ろうとう》・古庄惣六《ふるしょうそうろく》が、小笠原長経《ながつね》にそう告げたらしい。

藤沢清親《きよちか》は、鋭い眼差しを射るように向けてきた小笠原長経へ、

「何かの拍子に、草摺がめくり上がったのでござろう」

「坂額御前は一の曲輪《くるわ》の矢倉上に立っており、膝を高く持ち上げて走り出すこともなかった。それで、どうして草摺がめくれ上がる?」

「いや……そ、それは……」

早々に返答に窮したものか。藤沢清親の口が固く閉ざされた。

建仁元年（一二〇一）五月、信濃国伊那郡の御家人・藤沢清親は、佐々木盛綱を総大将とした幕府軍に加わり、越後国の鳥坂城《とっさかじょう》を攻めた。

鳥坂城は、越後平氏・城家《じょうけ》の本拠地であり、現代《いま》の新潟県胎内市《たいないし》にある。越後国北部に寝そべる櫛形《くしがた》山脈の北端、標高三三七米の白鳥山一帯に築かれた鳥坂城は小さな山城とはいえ、代々越後城家が本拠としてきたものだけに自然要害《しぜんようがい》に護られた堅城であった。

その堅城に立て籠もり、幕府の大軍を迎え撃った坂額御前は、総大将・城資盛《すけもり》の姨母《おば》にあたる。腹巻を著《ちゃく》して矢倉上に立ち、神技のごとき射芸を発揮し、鎌倉方将兵の内兜を次々と射貫いていった。城軍の中には魔物のような女武者がいると怖れられて、鎌倉方将兵の咆哮絶叫が、いくたびも山肌に木霊《こだま》しては儚く消えていった。

その苦戦の最中に、藤沢清親たちが二の曲輪へと果敢に攻め入っていた。鳥坂城・城郭内の二の曲輪は一の曲輪よりも高所にあった。一の曲輪を眼下に見据えた藤沢清親が矢倉上の坂額御前に狙いを定めて征矢を放ったのであった。

かつて武蔵国入間野において行われた追鳥狩《おいとりがり》で百発百中の射芸を披露したことにより、藤沢清親は生前の源頼朝から馬を賜《たまわ》っている。当代随一の弓の名手であろうと謳われていた男の放った征矢が一の曲輪の矢倉上に吸い込まれていったのであった。

すると、その直後であった。

生来の身の軽さを生かして一の曲輪の矢倉上にするすると這い上がった飯尾虎七《いいおとらしち》という男が、

「わが主人《あるじ》、伊那の住人・藤沢清親が、坂額御前を射たり！」

と、大音声を発した。

藤沢清親は、正直、飯尾虎七の発した声には半信半疑の思いが強かった。征矢を放った直後に背後からの敵兵を迎え撃つために後ろを振り返っていたし、なにより疲労が蓄積しており、矢を放つ瞬間に呼吸を激しく乱していた。おそらく矢を外した。藤沢清親は、そのことを確信していたのであった。

ところが鳥坂城の落城後……。

捕縛されて矢倉下におろされた坂額御前の片手には口巻《くちまき》の上に藤沢清親の名を墨で記した征矢が握り締められていた。自らの力で征矢を引き抜いたというのか。矢傷の痕がついていた股《もも》から多量の出血をしていた。しかし坂額御前の腹巻の草摺には、何処《どこ》にも裂け目やほつれがなかったのである。

鎌倉帰還後、佐々木盛綱の郎等・古庄惣六は、二代目鎌倉殿・源頼家の側近をつとめている小笠原長経へ、

「腰から膝までが、腹巻の草摺に覆われておりました。その草摺には何処《どこ》にも傷が付いていなかったのです。坂額御前の股に、それでどうして征矢を突き立てることができたのでしょう」

捕縛されて矢倉下におろされていた坂額御前の姿を目撃《み》ていた古庄惣六が、そのとき感じていた自らの疑問を正直に打ち明けていたのであった。

小笠原長経の祖父・加賀見遠光《かがみとおみつ》は源頼家の後見役であった。そして、その娘・大弐局《だいにのつぼね》が源頼家七歳のときの着甲始め《かぶとぎはじ》において介添え役をつとめていた。小笠原長経は若年ながらも、そうした

経緯から源頼家の側近をつとめていた。

返答に窮している藤沢清親へ、小笠原長経は、

「激戦の最中であり、藤沢殿はひどく疲れていた。たとえ名手であったとしても、矢を外すことはある」

「であるならば……坂額御前の股《もも》に、誰が矢を突き立てたというのです」

「飯尾虎七が、主人の手柄を願った。そういうことなのでは」

「………」

小笠原長経と同様に、藤沢清親にしても、主人の手柄を願った飯尾虎七の仕業であったに違いないと考えていた。

山風《かぜ》に流されて徒矢《あだや》となり、矢倉上の隅にでも落下したのであろう。とっさに征矢《それ》を拾いあげた飯尾虎七が坂額御前との組み合いを始めているうちに、草摺に覆われていた股が露わになった。おそらくは、そういう次第であったろうが、もはやそのことを証明する術《すべ》がなくなっていた。飯尾虎七が矢倉下に突き落とされて死んでしまったからであった。

「鳥坂城の二の曲輪へと攻め入りましたが、そのときにはもう疲労が激しく、弓矢を手にしていても両足が地につかぬ心地でござった」

だから自身の放った征矢は外れたはず。藤沢清親が、そのことを潔く認めたところで長谷観音堂からの声明《しょうみょう》が響きわたった。

藤沢清親の稲瀬川屋敷は、甘縄神社の西方、長谷観音堂の北側にある。

越後国から鎌倉に護送してきたばかりの囚女《しゅうじょ》・坂額御前の身柄は、屋敷内西側の副屋《そえや》のなかに拘禁してある。

明日、囚女・坂額御前を連れて、藤沢清親が御所へ向かう。御所において坂額御前は源頼家との対面に臨む予定であった。

「ところで……気になって調べてみたところ、飯尾虎七はまったくの非力であり、組み打ちが不得手であったそうな。実際、飯尾虎七は矢倉下に突き落とされて死んだ。そんな飯尾虎七が、魔物のような女武者と怖れられた坂額御前の股に傷を負わせた。果たして、そのようなことができるものであろうか」

口許の面皰《にきび》を指先で強く押さえ付けた小笠原長経が更に続けて、

「傷が癒えるまでには、三月ほど掛かる。そのように思われていた股の傷が、まだ二月も経っていないというのに、もう癒えてしまったそうな。これもまた、ずいぶんと不思議なことだ」

「飯尾虎七の非力が幸いして、思いの外、傷が浅かった。そういうことでござろう」

「そうかもしれぬが、やはり……どうも腑に落ちぬ」

「いったい、何が?」

「坂額御前の股の傷は、本当に、飯尾虎七の仕業であろうか」

「と、申しますと」

「坂額御前が自ら傷をつけた。もしも、そうだとしたら……」

「どうして坂額御前が、そのようなことを？」

「死に場所を、この鎌倉と思い定めている。そういうことだとしたら」

「ま、まさか……」

「いや……その、まさかだ。坂額御前は頼家様との対面の場を、自らの死に場所と考えている。吾《われ》は……」

次の瞬間、素早く立ち上がった小笠原長経が駆け出していた。

藤沢清親の制止を無視して、坂額御前の身柄が拘束されている西の副屋へと駆け向かったのであった。

◇

数人の武士たちが、茅葺き屋根の副屋の前に屯している。

警固の郎等たちであろう。

その中の一人が副屋を離れて歩き出したところで、小笠原長経の口から小声が漏れた。

その場から大股に歩みを進めてきたのが甲斐国の住人・浅利与一《あさりよいち》であったからである。

浅利与一は、かつて源平合戦や奥州合戦に参戦している。気性が荒く、鎌倉での暮らしに馴染むことができず、いまでは甲斐国にもどって悠々自適に暮らしている。たしか、いまは五十三歳である。

(どうして此処《ここ》に、大叔父が……?)

思いながら、小笠原長経が、

「これはまた……思いも寄らぬところで……」

早速事情を訊き出そうとしたところを、

「稀代の勇婦、坂額御前に会いにきたのだ」

久しぶりの濁声《だみごえ》が耳に飛び込んできた。

小笠原長経は、正面に足を進めてきた浅利与一へ、

「坂額御前に会うために、わざわざ甲斐国から足を運ばれた。そうなのですか?」

「魔物のように、ひどく醜い女武者。そのように耳にしていた。だが噂とは異なり、花のように美しい、凛とした女であった」

「そうですか……ならば、すでに用事は済んだ。そういうことですな」

「だとしたら……どうなのだ」

「此処《ここ》から、早々にお引きとり願いたい」

「久しぶりに会って、その言い種か」

「こちらにも事情があるのです。邪魔立てするならば、大叔父とて容赦致しません」

長経の父・小笠原長清《ながきよ》は、小笠原流弓術の始祖となった人物である。故に、小笠原長経自身も弓矢を含めた武術全般に熟達している。

が、実戦経験の乏しい小笠原長経の力量などは、たかが知れている。浅利与一には、そうした認識があったらしい。

直立して腕を組み、顔色一つ変えようとしていない浅利与一へ、小笠原長経は、

「もう一度、申し上げる。此処から、早々にお引き取り願いたい」

「それは出来ぬ」

「どうしてです？」

「老《おとな》の会合《えごう》にて決まったことだ」

「えっ……」

奥歯を噛みしめた小笠原長経の表情《かお》が歪んだ。

鎌倉幕府成立以前から坂東の地には老《おとな》と呼ばれる有力者たちの密接な繋がりがあった。老たちの間には、独自の秩序と序列が成立しており、鎌倉幕府成立以後もそうした繋がりが継続している。

甲斐・信濃源氏の加賀見遠光と平賀義信《ひらがよしのぶ》、そして足利源氏の足利義兼と新田源氏の新田義重らの繋がりが、その一つに数えられる。すでに足利義兼は他界しているが、ほかの老たちは年に数回、秘密の会合を催している。

源頼家の側近として幕府に忠誠を誓っている小笠原長経にとっては、まことに耳の痛い話であった。

「会合において、何が決まったのです？」

そう訊かれて、浅利与一は小笠原長経へ、

「坂額御前を護る。そういうことだ」

「御前の処分は、幕府が決めるのです」

「わかっておる。だが長経、会合の決定には、兄者《あにじゃ》も賛同しておる」

「爺様《じじさま》が……」

加賀見遠光は、自身の孫・小笠原長経のことを溺愛している。よって孫の不利になることを避けようとする。それが加賀見遠光の常の行動である。

（で、あるとしたらば……）

今、胸中に生じ出してきている悪い予感は、

（やはり杞憂なのか……）

小笠原長経の心中に迷いが生じ出した、そのときであった
山径を迅《はし》る獣のようにして黒い人影が接近してきた。

三十がらみの小柄な男が、浅利与一の傍らに跪いたのであった。

坂東の老たちに、京の都の動静を伝える。どうやら男の正体は、老たちに仕えている雑色《ぞうしき》であ

った。

地味な直垂《ひたたれ》姿をした、その雑色に興味をしめした小笠原長経が、

「名を申せ」

「小貫弥平《おぬきやへい》と申します」

「何しに参った」

「京の都。そこで見てきたことを、ご報告致したく」

「では聞こう。早く申せ」

「いや……北の副屋にお入りください。そこでお話し致します」

「急いでおる」

「一昨年の頼朝公の薨去。話は、そこから始まります」

「手短に、話すことができぬ。そう申すか」

「はい。ですから、どうか北の副屋へと……」

「ちっ……」

舌打ちした小笠原長経が、仕方ないという顔付きをしてから動き出した。

浅利与一と小貫弥平と共に、北の副屋に向かって歩き出したのであった。

◇

二年前の、建久十年（一一九九）一月。

泥濘《ぬかるみ》の悪路を駆け抜けた小貫弥平が、京の五条橋に近い鴨河原に向かっていた。

ときに暴れ河としての猛威をふるい、民の暮らしを脅かし続ける鴨川だが、それにもかかわらず河原には多くの筵小屋が立ち並び、人に限らず様々な生きものたちが、天からの恵みを受けとり倹《つま》しい暮らしを続けている。

そんな鴨河原の筵小屋の一つが、小貫弥平たちの塒《ねぐら》であった。

しばらくすると外の雨音をかき消すような勢いで、くちゃくちゃとものを噛む音が鳴り出した。木皿の上の屯食《とんじき》（握り飯）を十市師尚《とおちもろひさ》が食べ始めたらしい。

その音がやみ、外の雨音が強く響き出したところで屯食を食べ終えたらしい十市師尚が、

「鎌倉は、どちらに付く。答えろ」

と、臭い口を向けてきた。

ことの発端は、この年の一月十三日に前《さきの》征夷大将軍・源頼朝が没したことに始まる。

鎌倉の町には聴き慣れない笛の音が鳴り響き、四方の門を閉ざして家人・郎等たちに武装を命じる有力御家人たちの姿が多くみられていた。重苦しい空気に包まれた鎌倉の町には、何かが起こりそうな気配が確かにあった。ただし異変が初めに生じたのは、武家の都・鎌倉でなく京の都であった。

昨年、宝算《ほうさん》十九の後鳥羽天皇が譲位して四歳の為仁親王《ためひと》（土御門天皇）が即位された。

その際、為仁親王の即位を強引に押し進めていたのが、権大納言・源通親《みちちか》であった。

源通親には在子《ありこ》という養女《むすめ》がおり、その養女《むすめ》が後鳥羽天皇との間にもうけていた皇子が為仁親王であった。

帝の外戚となった源通親のことを、公卿廷臣たちが源博陸《はくろく》と呼び始める。博陸とは関白の唐名である。

都の公卿廷臣たちは、今後の天皇家を支えていくのは摂関家でも鎌倉将軍家でもなく、

「源博陸様になる」

と、判断したのであった。

鎌倉においては、早々に対朝廷政策の立て直しが検討され始めた。公家政治の復活と躍進をのぞむ権大納言・源通親が、このまま院と朝廷を牛耳ってしまえば、京と鎌倉のあいだに埋めがたい溝が生じる。その動きを封じ込めるためには、どうしても頼朝の上洛が必要となろう。そして、そのことを誰よりも心待ちにしていたのが、在京の鎌倉御家人として一条家に仕えている後藤基《もと》清《きよ》・小野義成《よしなり》・中原政経《まさつね》の三人であった。

後藤基清たち三人の主人《あるじ》は、源頼朝の実妹を妻としていた権中納言・一条能保《よしやす》であった。源頼朝から厚く信頼されていた一条能保は、長年にわたり京都守護の重責を担っていた。

ところが一条能保が他界してしまうと、たちまちにして一条家に暗い影が差し込むようになっ

た。公家政治の復活と躍進をのぞむ権大納言・源通親にとって、鎌倉と密接に繋がる一条家の存在が邪魔だったのであろう。

その後、一条家の不遇を嘆き続けた後藤基清たちの鬱憤は募るばかりであった。それでも上洛の意向を固めたらしい源頼朝の近況を知るにいたり、

「憎《に》っくき権大納言の命運も、あとわずか。上洛した頼朝公に必ず成敗されよう」

と、鼻息を荒くしていた。

ところが建久十年（一一九九）一月頼朝が死すと、都にその報が伝わり、後藤基清たちの願いは儚く潰えた。

その頃から兵乱・狂乱《きょうらん》という声が上がりだし、権大納言・源通親の首級《しるし》を後藤基清たちが付け狙っている、との噂が流れだした。鎌倉幕府は、一条家・後藤基清たちの味方となるのか。それとも源通親の味方をするのか。

迷ったあげくに、小貫弥平は、

「後藤基清たちの味方をしよう。おそらく……」

と、答えた。

獣の皮をなめした鎧の札《さね》のように面貌《つら》の皮が厚い十市師尚は、小柄な小貫弥平のことを見下ろすようにして、

「どうして、そう思う」

「亡き頼朝公は、上洛後、権大納言・源通親を失脚させようとしていた。ここで源通親の味方をしてしまえば、一条家の者たちの心が鎌倉から離れていってしまう。そのことを避けたいはずだ」

「確かにそうであろう。が、こたび鎌倉は、源通親に味方しよう」

「なぜ？」

「報《しらせ》が入った」

「ほう……どんな？」

「亡き頼朝公の後継者が、頼家様である。朝廷から、その宣旨が下される」

「まことか」

「ああ。確かな筋からの情報《しらせ》だ」

「なるほど……そういうことか」

亡き源頼朝の後継者が源頼家である。

鎌倉御家人たちの全てがそのことを認めているわけではなかった。

武家の棟梁には、

「武勇第一の器量人がなるべきである」

鎌倉にはそう言って憚らない面々が少なくない。

北条時政などは、娘・政子が産みおとした実孫であるにもかかわらず、

「我らが血と汗を流し、ようやくつくりあげた鎌倉を、あの頼家に任せられるものではない」

と、心許せる老臣たちに、そう漏らしているらしい。

源頼朝死後における鎌倉内の秩序を安定させるためにも、一刻も早く源頼家を二代目・鎌倉殿に就任させたい。幕府内には、そのように願っている者たちも少なくないのである。

すると頼朝の死から十三日後の、一月二十六日のことであった。

「前《さきの》征夷大将軍・源頼朝の家人・郎等たちを率い、左近衛中将・源頼家は、もとのごとく諸国守護を奉行せよ」

と、朝廷が宣旨を下した。

そのとき十市師尚は、したり顔を浮かべて、小貫弥平へ、

「源通親への支持を、幕府が正式に表明しよう。都の騒動も、これにて終息に向かう」

と、いった。

その言葉通り二月に入ると、鎌倉幕府が権大納言・源通親への支持を正式に表明した。そして二月十四日、在京の鎌倉武士たちが、武装の構えをみせていた後藤基清たちのことを捕縛した。

事件の首謀者である後藤基清・小野義成・中原政経の三人が共に左衛門尉の官職を得ていたことから、この事件は、

「三左衛門の変」

と、称されている。

そして、また、二月十四日から三日後のことであった。

右近衛中将・持明院保家《じみょういんやすいえ》と宰相中将・西園寺公経《きんつね》の朝廷への出仕が停止された。源通親の排斥を企み、後藤基清たちの武装決起を使嗾《しそう》していた。二人にその嫌疑がかかったのであった。

持明院保家と西園寺公経は、故・一条能保の縁者にして、ともに親鎌倉派の有力貴族であった。持明院保家は一条能保の従兄弟にして且つ猶子《ゆうし》。西園寺公経は一条能保の女婿にして、一条家・現当主の後見役であった。持明院保家と西園寺公経が失脚して、源通親の地位と立場がより強化されたのであった。

三月初旬には後藤基清たちの身柄が鎌倉へ護送されることになり、小貫弥平と十市師尚が、その前日から琵琶湖の津に入っていた。朝廷の意向に沿うかたちで、鎌倉幕府が後藤基清たちを流罪に処す方針であった。そのことに不満を抱いた後藤家郎等たちが琵琶湖周辺に潜伏している。主人の身柄を奪還しようとしている。そうした噂が流れ出していたのであった。

が、どうやら噂は出任せであり、後藤家郎等たちが琵琶湖周辺に潜伏しているという気配は見られなかった。

逢坂の関を越えて都への帰路についた二人が蹴上《けあ》げの急坂をくだって都の東郊・白河の地に入っていくと、飾り屋根をくわえた外観十層の、白河離宮内にあっても一際目立った法勝寺《ほっしょうじ》の八角九重塔が眼前に迫った。

白河離宮の法勝寺は「国王の氏寺」と称されており、琵琶湖から逢坂の関を越えて都に入る人々は皆、法勝寺の壮大な伽藍を見上げて一様に目を見開き、京の都の繁栄ぶりに驚嘆するという。

その法勝寺の長い築地塀《ついじべい》に丁度さしかかったときであった。

一輛の牛車が視界に入り、

「ん？」

「あれは……」

と、二人の口から小声が漏れた。

そのとき牛車の中から大路に降り立った人物が二人。

その一人が貴女《おんな》であり、もう一人が梶原景季《かげすえ》であった。

◇

初夏を迎えて、京の都が暖かな陽気に包まれている。

その頃、鎌倉においては源頼家の訴訟親裁権が停止されて宿老十三人による合議制が成立している。

加えて、北条家と梶原家との勢力争いが水面下で熾烈さを増してきている。

そうした噂が、京の都に伝わってきていた。

「北条家と梶原家。この争いに、どちらが勝つ？」

鴨河原の筵小屋の中において、十市師尚からそう訊かれて、

「やはり、北条が勝つ」

と、小貫弥平が即答した。

その理由を重ねて訊かれて、小貫弥平は十市師尚へ、

「鎌倉の繁栄よりも、北条家の繁栄が大事。一方の梶原家は、亡き頼朝公がそうであったように、京と鎌倉が共に繁栄していくことを願っている。素直に考えれば、多くの有力御家人たちが、梶原家の与党になりそうなものだ。しかし、おそらく、そうはならない」

「忠義よりも、野心と欲か……」

「頼朝公が逝かれてしまい、ここからもう一度、梶原家が御家人たちに箍《たが》をはめようとするだろう。だが、それは上手《うま》くいかない」

「そうだな。ふふっ……」

同意見であると言わんばかりに十市師尚が含み笑い、その開いた口から梶原景季のことが語られ出した。

先日、上洛中の梶原景季が法勝寺の築地塀沿いにおいて、見知らぬ貴女《おんな》と共に牛車をおりた。

三左衛門の変の際、その梶原景季は、源通親と接触している。

「不穏な動きがありますが、どうか、ご安堵を……」

と、いち早く、そうした報告をしたらしい。

その言葉通り、即座に在京の鎌倉武士たちが後藤基清たちのことを捕縛している。そして、その事件をきっかけとして親鎌倉派の持明院保家と西園寺公経が失脚した。

そのため此度の事件は、

「権大納言の謀事《はかりごと》であった」

との噂が流れ出している。

源通親と梶原景季が共謀して、親鎌倉派の有力貴族たちを排除した。そのことを巧みに成功させた、との噂が流れ出しているのであった。

しかし、十市師尚は、そうした噂を鵜呑みにはしていない。亡き源頼朝から多大な恩顧を被っていた梶原家の嫡男・梶原景季が、公家政治の復活と躍進を望んでいる源通親と懇ろな間柄になるとは考えにくい。

ならば三左衛門の変の際、梶原景季は、どうして源通親の歓心を買うような行動をとったのか。

そのことについて、十市師尚が小貫弥平へ、

「その理由が、もうすぐわかるかもしれん」

そう言い出してから半時ばかりが経過したときであった。

一人の男が鴨河原の筵小屋に入った。町人風の水干姿《すいかんすがた》をしていたその男は、秦信員《はたのぶかず》という源通親邸に仕えている男であった。

亡き源頼朝の後継者が源頼家である。

朝廷が、もうすぐ、

「その宣旨を下そう」

十市師尚のもとへ、事前に、その情報を伝えていたのが秦信員であった。

つまりは内通者ということになる。

「話は手短に。これでも忙しい身だ」

いきなり釘を刺されて、十市師尚が懐から布袋を取り出した。

中身は砂金であり、秦信員の口許が醜く歪んだ。

三左衛門の変の際、梶原景季は、どうして源通親の歓心を買うような行動をとったのか。

布袋を鷲掴みにしたあと、それを懐の奥にしまい込んだ秦信員が、十市師尚へ、

「三左衛門の変の際、後藤基清たちの襲撃を怖れて、通親様は上皇様の院御所に身を隠されていた。その院御所が襲撃されていたとしたならば、今ごろどうなっていた」

「流罪では済まされなかったろう。鎌倉に到着する前に、後藤基清たちの首は刎ねられていた」

「梶原景季は、そうした事態を避けたかった。そういうことなのでは……」

「ふむ。なるほど……」

三左衛門の変から二ヶ月あまりが経過している今現在、一条家からは、早くも不満の声が上がり出している。源通親支持にまわった鎌倉のことを信用してはならない。鎌倉との関係を断ち切

って、これよりは新たな気持ちで一条家を再興していこう。そうした声が上がり出しているというのである。

梶原家は、京と鎌倉が共に繁栄していくことを願っている。そのためには頑丈な鎹《かすがい》となって京と鎌倉の間を繋ぎとめてくれる親鎌倉派貴族たちの存在が必要不可欠である。ここ数年間、都の有力貴族たちが鎌倉に寄せてくれていた信頼を元の通りに継続させて、さらにはそれを高めていく。そのことを実現させるためには一条家に忠誠を尽くそうとしていた後藤基清たちの命を護る必要がある。おそらく梶原景季は、そのように考えていたはずである。

「そうだな……やはり、そういうことか……」

納得をして頷いてみせた十市師尚が、すぐに鋭く両眼を細めて、

「ところで通親様は、本当のところ、どうなのだ?」

公家政治を復活させるために源通親は、本気で鎌倉幕府と対峙していこうというのか。

すると秦信員が、十市師尚へ、

「じつのところ……通親様も、ずいぶんと困っておられる」

「いったい何に?」

「上皇様に」

「上皇様は……野心旺盛なお方というが、それは事実か」

「ああ。驚くほどな」

前年、宝算十九で譲位された後鳥羽上皇は、熊野御幸を皮切りにして洛中洛外への御幸をくり返し、その際に生じる莫大な費用を諸国の民に押しつけている。そして寝殿建造や大土木工事に意欲旺盛であるという。源通親は、後鳥羽上皇のそうした振る舞いに、ずいぶんと困惑しているという。

「じつは……」

と、急に声を低めた秦信員が、上半身を深く前に傾けて、

「高倉範季《のりすえ》の娘・重子《しげこ》様が、次にご懐妊をなされたら、誕生した皇子を宣陽門院《せんようもんいん》の養子にしてみてはどうか」

今、そうした話が持ち上がっているという。

従三位・高倉範季の娘・重子は後鳥羽上皇の後宮に入っている。そして二年前に守成《もりひら》親王を誕生させている。守成親王とは、のちの順徳天皇である。

宣陽門院覲子《あきこ》は、故・後白河法皇の皇女《ひめみこ》である。

将来、重子の産んだ皇子を宣陽門院覲子の養子とする。そこには重大な意味が隠されている。

宣陽門院覲子は、王家家産領の代表的な一つである長講堂領を伝領している。

長講堂とは、後白河法皇の六条・仙洞御所に設けられていた持仏堂のことである。長講堂領は、そこに寄進されている数百箇所の荘園群によって構成されている。将来、重子の誕生させる皇子を宣陽門院の養子とする。それは長講堂領を自らの管理下に置こうとする後鳥羽上皇の深謀遠慮

であった。

秦信員が外の様子を警戒しながら、筵小屋の中から鴨河原へ飛び出していくと、

「ふううう……」

と、十市師尚の口から長い溜息が漏れた。

藤原道長・頼通父子の時代に全盛期を迎えた摂関家であるが、そのあとを引き継いだ藤原師《もろ》実《ざね》・師通《もろみち》・忠実《ただざね》の時代には、白河院政の開始と共に院近臣たちの躍進が始まり摂関家の威勢が衰えがちであった。すると、そのことに危機感を抱いた藤原忠実が摂関家子女たちに分散していた摂関家荘園群の集積に取りかかった。

その行為によって摂関家の威勢が急速に回復したものの、諸国においては様々な紛争が生じだした。天皇家と摂関家を含めた有力権門同士のあいだに、力と力の衝突が起こり始めたのであった。

長講堂領のほかに、もう一つ、八条院領という王家最大の家産領がある。

後鳥羽上皇は、九条兼実《かねざね》の娘に、昇子《しょうこ》という皇女を産ませている。

その昇子は、八条院暲子《あきこ》の猶子となっている。

将来、後鳥羽上皇は、この昇子に八条院暲子の管理している八条院領を伝領させるつもりであった。

八条院暲子が七十五歳で逝去したのが建暦元年（一二一一）であった。そのとき昇子は、八条

院領を伝領している。そして昇子が他界したあとの八条院領は、実質的に後鳥羽上皇の管理下に置かれることになる。

長講堂領・八条院領と、莫大な王家家産領の富と武力を掌握した後鳥羽上皇は、そのあと承久の乱に突入していくのであった。

翌日、小貫弥平と十市師尚の姿が五条坊門の梶原宅付近にあった。

梶原景季の尾行を開始したのであった。

七日間にわたっての尾行継続により、梶原景季が、徳大寺公継《きんつぐ》・持明院基家《もといえ》・西園寺実宗《さねむね》の三人と接触していることが判明《わか》った。

鎌倉幕府成立以前から、梶原家と徳大寺家には深い繫がりがあったらしい。

持明院基家と西園寺実宗は、三左衛門の変の際に失脚している、持明院保家と西園寺公経の実父であった。

そして、さらに三日後……。

黒装束に身を包んだ小貫弥平と十市師尚が、法勝寺伽藍に忍び入った。

太い柱の組まれた天井裏に忍び入ったあとに、下の一室を覗き込むと、そこに三人の姿を確認することができた。

先日、梶原景季と共に牛車をおりた貴女《おんな》。それと直垂姿の侍と梶原景季の三人であった。

まことに残念であったこと。それは下の一室において交わされていた三人による会話の内容が、天井裏の二人の耳にまで届いてこなかったことであった。

それでも、貴女の正体を知ることはできた。

「治部卿局《じぶのきようのつぼね》様！」

と、直垂姿の男の声が耳に入ったのであった。

治部卿局は、故・平知盛の未亡人であった。源平合戦の際、平知盛は都落ちして西海へ奔《はし》った平家一門を助けて奮闘を続けていた。そして最期に壇ノ浦の海に入水を果たした。三十四歳の一期であったという。

治部卿局もまた、夫・平知盛と共に西海の船上にあったというが、彼女は命を落とすことなく、壇ノ浦の合戦後に帰洛を果たしている。

彼女にとっては、さぞかし辛い都への帰還であったろう。それでも治部卿局は、帰洛後、都近辺で平穏な暮らしを続けている。

その治部卿局には、一ノ谷合戦で討死した嫡男・平知章《ともあきら》のほかに、平知忠《ともただ》という息子がいた。寿永二年（一一八三）七月の平家一門都落ちの際、七歳の平知忠は父母と別れたことにより、西海の船上に身を置くことがなかった。その平知忠が、一条能保の暗殺を企てたのが建久七年（一一九六）六月であった。京・法性寺《ほつしようじ》の近辺に潜伏していた平知忠は、虎視眈々と一条能保の命を狙っていた。しかし、その潜伏先を何者かに密告されて自害してしまう。

治部卿局は、おそらく、鎌倉に深い怨みを抱いている。

その治部卿局と梶原景季が、どうして接触しているのか。

小貫弥平と十市師尚は、その理由を、まもなく知ることになる。

◇

再び、鎌倉の稲瀬川屋敷である。

小貫弥平に代わって、浅利与一が小笠原長経へ、

「梶原景季は、どうして治部卿局と密会していた」

と、訊いた。

小笠原長経は、口許の面皰《にきび》を指先で弄《いじ》りながら黙り込んでしまっている。

痺れを切らして、浅利与一が小笠原長経へ、

「治部卿局は、どなたの乳母であった」

「乳母。それは確か……」

「知らぬのか。忘れたのか」

「いや、すぐに想い出します。ええっ……確か……」

「守貞《もりさだ》親王だ」

「そ……そうでござった」

守貞親王は、一つ年上の、後鳥羽上皇の皇兄《あに》であった。

かつて木曽義仲の上洛を怖れて平家一門が都落ちした際、尊成親王《たかひら》（後鳥羽上皇）は都に残られたが、守貞親王は平家一門と共に西海へ奔《はし》った。両親王にとっての、それが運命の別れ道であった。尊成親王は安徳天皇に代わる新帝に推されて、守貞親王は平家一門と共に苦い敗戦を経験した。守貞親王は平知盛・治部卿局夫妻に伴われて、平家一門と共に都落ちしていたのであった。

亡き源頼朝の遺志を受け継いで、京と鎌倉が共に繁栄していくことを願っている梶原家にとって、京と鎌倉のあいだを繋いでくれる親鎌倉派貴族たちの存在が必要不可欠である。ところが三左衛門の変をきっかけとして、親鎌倉派貴族たちの心が鎌倉から離れようとしていた。梶原家が、そこから考え始めていたことが、親鎌倉派貴族たちの立て直しであったろう。

公家政治の復活と躍進をのぞむ源通親と後鳥羽上皇は、所詮、鎌倉とは相容れない。が、それでも鎌倉は京の都と上手く付き合っていかなければならない。そのためには源通親と後鳥羽上皇の動きを牽制し続けることが可能な存在が必要となる。梶原家には、そうした判断があったはずである。

父・源義朝が平治の乱に敗れたことにより、伊豆国に流罪となっていた源頼朝であるが、その頼朝は、それ以前に上西門院統子《むねこ》に仕えていた。

上西門院統子は、後白河法皇の姉である。

かつて守貞親王は、上西門院統子の猶子となり、その女院のもとに養育されていた。

ちなみに……。

後鳥羽天皇の譲位の際、朝廷が鎌倉に、新天皇に誰を推すべきか。それを尋ねている。

その際、鎌倉幕府……つまり源頼朝の意向は守貞親王の即位であった。

ということは、その頃から後鳥羽天皇の動きを牽制するために、鎌倉幕府と朝廷のあいだで守貞親王の存在が強く意識されていたということであろう。

上洛中の梶原景季は、徳大寺公継《きんつぐ》・持明院基家《もといえ》・西園寺実宗《さねむね》の三人と頻繁に接触していた。

この三人は、すべて故・上西門院統子と守貞親王に深く関わっている人物であった。

徳大寺公継の母が上西門院女房であり、上西門院の乳母子であった持明院基家は、その妻が守貞親王の乳母であり、上西門院に伺候していた西園寺実宗は守貞親王に篤く奉仕していた。

つまり梶原家は、守貞親王を軸として、親鎌倉派貴族たちの立て直しを図ろうとしていた。そうに違いなかった。

話を聞き終えてから、小笠原長経にしても、

（十分に、あり得ることだ……）

と、正直に思っていた。

そして、その直後であった。法勝寺の中にいたという、もう一人の直垂姿の侍の名が、小貫弥平の口から明らかにされたのであった。

越後城家は、平将門の乱を鎮めた平貞盛の舎弟・平繁盛《しげもり》の流れにあたる。平繁盛の孫にあたる余五《よご》将軍・平維茂《これもち》が、鎮守府将軍や信濃守を歴任して、越後城家繁栄の礎を築いたらしい。阿賀野川以北に広大な領地を獲得していた越後城家の威勢は、越後北部のみならず、出羽国南部や会津地方にまで及んでいた。

「越後は豊かな国であり、兵も精強である」

◇

治承五年（一一八一）六月、平家一門から大いに期待されていた越後城家は雌雄を決すべく、信濃国横田河原において木曽義仲軍と干戈《かんか》を交えることになる。

総大将・城長茂《ながもち》は、丈七尺の巨躯であり、その身を馬上に移すと上半身が周囲より一段高く盛り上がった。対岸に陣取ってきた木曽義仲軍は二、三千余騎。一方の城軍は越後・出羽南部・会津の兵によって数万の大軍に膨れあがっていた。

「それっ！」

と、快晴の空に鏑矢《かぶらや》が放たれて、自軍の勝利を固く信じて疑わない兵士たちが、蟻の群のように千曲川の広い河岸を前進していった。箙《えびら》や太鼓や鉦《かね》を叩く音が、けたたましく鳴り響き、雨脚のごとく矢石が飛び交い、鐙《あぶみ》に両足を踏ん張った騎馬武者たちが彼方此方《あちらこちら》で衝突を始めていた。

城軍の猛攻により、木曽の悍馬《かんば》が次々と千曲川の流れのなかに沈んでいった。合戦は予想通り城軍優勢で進んでいた。ところが、快晴であった信濃国の空に一塊の暗雲が浮かんだときであった。北風と共に押し流されてきた暗雲と共に正体不明の怪しい一隊が城軍後方に駆け迫っていた。

「どこの隊だ！」

と、騎馬武者の一人が喉を嗄らして叫んだ。

ところが、城軍後方に控えていた兵士たちの動きが緩慢であり、怪しい一隊の兵士が武具の袖に着けていた赤札を白札に取り替えたときには、すでに手遅れとなっていた。

怪しい一隊の正体は、木曽方の武将・井上九郎の手勢であり、そこから城軍優勢の戦況が一変した。井上隊の奇襲攻撃と共に、前線において劣勢に陥っていた木曽軍主力が乾坤一擲の逆襲に転じてきて、その挟撃をまともに受けた城軍主力が浮き足立ち、千曲川の広い河岸で芋を洗うような混乱状態に陥った。

一旦、指揮系統が乱れてしまうと、大軍の城軍は混乱を立て直すことが難しく、寄合所帯の脆さを露呈したかたちであった。総大将・城長茂にしても、個人としての武勇は抜群であったが、大軍を指揮する能力と経験に欠けていた。

大敗を喫した城長茂は、戦線を離脱してのちに、越後国内に逼塞した。そして平家一門の都落ちから三ヶ月後、朝廷が掌を返し、それまで朝敵としていた源頼朝に東国の支配権を与えてしまった。そのため城長茂は、いつの頃か鎌倉方に降伏し、その身柄を梶原景時に預けられることになった。

それでも壇ノ浦合戦から三年後の文治四年（一一八八）九月のことであった。梶原景時と熊野僧・定任《じようにん》の計らいにより、城長茂は、源頼朝と対面する運びとなる。二行《にぎよう》に着座した御家人たちのあいだを通り、頼朝の待つ簾下に足を進めていった城長茂は、そのとき突然何を思ったか、頼朝の居る簾中に背中を向けて着座した。

おそらく城長茂は、不敵に笑い、着座の御家人たちを睨《ね》めつけでもしたのだろう。囚人・城長茂のことを御家人に推挙していた熊野僧・定任は赤面し、梶原景時は、頼朝が簾中に御座しているとの忠言を発したという。

しかし城長茂は、まったく知らなかった、と言って座を立ち上がり、その場を退出してしまった。

その翌年、城長茂は諸国の有力武将二十八万四千騎と共に奥州合戦に参戦した。奥州の風に靡《なび》いた城家の旗の下には、二百余人の旧臣が馳せ参じたという。

城長茂は、嘘が苦手な正直者であり、力自慢にして、単純明快な漢《おとこ》だったのであろう。

梶原景時が、そうした城長茂のことを気に入って、おそらく梶原家の与党に加えようとしていた。

城家の本拠地・越後国には、早くから地頭職となった有力御家人たちが進出を開始していた。先祖代々の領地を死守してやろうと意気込んでいた城長茂は、地頭たちの進出を食い止めてやる、と一族一門の者たちに豪語していた。

しかし、平家一門の与党であった城長茂の周囲には敵愾心を剥き出しにした有力御家人たちの牙が鋭く光っていた。城長茂の、そうした逆境に寄り添い、なんとか救いの手を差し延べようとしてくれていたのが梶原景時であった。

しかし、その梶原景時のほうにも、すぐに危難のときが訪れてしまう。

正治元年（一一九九）十月、故・源頼朝を供養するために、その日御所に集まっていた傍輩《ほうばい》たちへ、

「忠臣は、二君に仕えず」

と、結城朝光が発言をしている。

すると、北条時政の娘・阿波局が、結城朝光へ、

「梶原景時の讒言《ざんげん》により、あなたは誅戮される」

と、告げ口に及んだ。

これに仰天した結城朝光は、朋友の三浦義村に相談をもちかけて、この二人の談義に安達盛長と和田義盛の二人が加わった。すると、そこから傾《なだ》れを打つようにして反梶原景時の動きが加速していった。

「鶏を養《か》うものは狸を畜《か》わず。獣を牧《か》うものは豺《やまいぬ》を育《か》はざる」

そうした一文が添えられて、鎌倉の宿老六十六人が梶原景時を弾劾する連署状に加判したのであった。

正治二年（一二〇〇）一月、相模国一ノ宮の自館を発った梶原景時一行は、箱根山を通過して駿河国清見関に至った。

梶原景時・景季父子を含めた三十三騎が、在地の武士団の襲撃をうけて、その場所において全滅したのであった。

その梶原家滅亡から、ちょうど一年後であった。

わずかな手勢を率いて、城長茂が在京中の小山朝政の宿所を襲撃している。

城長茂は、そこから更に土御門天皇が行幸していた後鳥羽上皇の仙洞御所に押し入っている。

そして、関東追討の宣旨を願い出ている。

が、勅許が下りるはずもなく、城長茂は、逃亡先の大和国吉野において敗死している。

その城長茂の首級《しるし》と共に、新津四郎《にいつしろう》という男の首級が都大路に晒されている。その新津四郎の領地は、城長茂の越後国白河館から程近い場所にあった。両者の間には、よほど深い繋がりがあったのであろう。

法勝寺の中にいた直垂姿の侍の名を、小貫弥平が、

「新津四郎」

と、明らかにしたのであった。

ところで承久の乱においては、京方が鎌倉方に大敗を喫し、後鳥羽・土御門・順徳の三上皇が流罪に処せられている。

そして仲恭天皇が廃帝となり、後堀川天皇が即位した。

その後堀川天皇の父が、守貞親王であり、守貞親王は短期間であるが院政を布いて、後高倉院の諡《いみな》を贈られている。

ちなみに、後高倉院の側近には、維茂流平氏の侍がいたという。維茂流平氏の城長茂にしても、やはり守貞親王とのあいだに何か深い繋がりがあったのかもしれない。

あの日、城長茂の代理として、新津四郎が法勝寺に出向いていた。おそらくは、そういうことであったろう。

さて……。

梶原景時は、生前に播磨国と美作国の守護をつとめていた。

その後任は、播磨国が小山朝政であり、美作国が和田義盛であった。

この一例を見ただけでも、梶原景時の与党であった城長茂の行く末がどうなるか、おおよそ察しがつくというものであろう。

源頼朝という強固な箍が外れてしまった今、御家人たちの欲望と野心が爆発して、必ず越後城家を滅亡させる。

浅利与一は、小笠原長経に向かって、

「梶原家が滅亡したときに、やはり城家の命運は尽きていたのであろう」

と、いった。

◇

藤沢清親の許可を得てから、浅利与一たち三人が西の副屋へ移動した。

西の副屋内の、狭い一室に、坂額御前は端座していた。

浅利与一が述べていたように、花のように美しい、凛とした姿である。

魔物のような女武者と怖れられていた姿を、いま、西の副屋内に端座している姿からは想像することが難しかった。

幾層にも降り積もった根雪の重みに堪えるようにして、坂額御前の灰《ほ》の赤い唇が、重く閉ざされている。

と、突如として、その口から嗚咽が漏れ出た。

「これを……」

と、坂額御前の前に一振りの太刀が置かれたからであった。

(この太刀は、いったい……?)

小笠原長経が問い掛けようとしたところを、

「どこで手に入れた。申せ！」

と、斬りつけるような声が響いた。

浅利与一は、唇《くちびる》と共に白い肌を朱に染め上げた坂額御前へ、

「越後国には、金津《かなつ》家という、信濃源氏・平賀党の存在がある。この太刀を手にした経緯は不明だが、その金津家から急ぎ届けられた」

坂額御前の目の前に置かれた太刀は、越後城家繁栄の礎を築いた鎮守府将軍・平維茂の息・出羽城ノ介繁成《しげなり》が、嬰児のときに狐から預かったという霊剣、

「野干《やかん》の太刀」

であった。

鳥坂城の合戦前、総大将の城資盛は、野干の太刀を頭上に掲げて、こう叫んでいたという。

「都の貴人たちは、鷹や鵜を好んで飼う。それは鷹や鵜を飼うことが天地を支配する象徴だからだ。されども城家は都の貴人とは違う。野干は山に棲《す》み、人に馴れず、誰にも従わぬ。この資盛は、野干の太刀を受け継ぐ立場にあることを誇りとしている」

城資盛は、鳥坂城落城寸前に城を脱け出して、どこかに行方を晦ましている。

そして今、城家の至宝・野干の太刀が稲瀬川屋敷にある。

それが意味することを、他の誰よりも、よく理解している坂額御前であった。

嗚咽のあとに、喉の奥から声を絞り出すようにした坂額御前が、

「兄・長茂は、かつて傲慢な領主であり、長年、民を苦しめてきた……」

と、語り出した。

一年中、骨が軋むほどの重労働をこなし、ようやく農民たちは収穫《みのり》の季節を迎える。しかし、その成果として受け取る収穫の全てが、己の所有となるわけではない。年貢と公事《くじ》を納めることはもちろん、生活苦をしのぐために負わざるを得なかった借物に利子をつけて収穫の時期に返済をしなくてはならない。それから広大な大地を収穫ある田畑に切り拓いていくことは、なんといっても難事業である。雑木林を伐り倒し、土を肥やし、馬一頭を使うにしても物を牽《ひ》くことから覚えさせて、ようやく馬鍬《まんが》を牽けるようになるというように、ことごとく難儀が尽きない。

かつての城長茂は、農民たちに対して、傲慢な態度をとり続けていた。しかし越後国に進出してきた地頭たちの傲慢・無礼さに触れるにつけて、自分自身、このままではいけないと思い始めていたのだろう。生まれて初めて反省の色を示した城長茂の傍らに、そっと寄り添おうとしてくれていたのが梶原景時であった。

源頼朝が死んだことにより、今後は欲と野心を剥き出しにした鎌倉武士たちが六十余州に蔓延《はびこ》ることになる。

梶原景時は、そうした事態を危惧し続けていた。そして城長茂に対して、鎌倉は、やはり京の都に学ぶべきことが多いと力説していた。

疫病や天変地異は、怨霊の仕業である。

だから怨霊を慰撫して、国を護る御霊へと変えていく。そのためには盛大な祭りや儀式を催す必要がある。

また、仏の修行ができない神に代わって、人が仏道に励む。そうすれば神が喜び、人の幸福が増えて王土が栄える。

若い時分、梶原景時にしても、そうした都の貴人たちの政治《まつりごと》に対して強い憤りを覚えていた。だが齢《よわい》を重ねて人の世の醜さに触れるにつけて、梶原景時は、

「人の欲と野心を抑えるためには、都の貴人たちが創り出した物語や神話が、やはり必要なのかも」

との思いを強くしていった。

そして城長茂にしても、そうした梶原景時の考え方に共鳴するようになっていったらしい。

西の副屋に、静寂が訪れている。

坂額御前は、源頼家の命を、

(おそらく狙っていない……)

小笠原長経の胸中に、そうした想いが湧き起こってきている。

昨年の十二月、治承以来の新恩地が五百町を越える分を有力御家人たちから召し上げて、無足の御家人たちに分け与える。その方針を源頼家が打ち出した。有力御家人たちの力を削ぐことにより、鎌倉将軍家の力を高めようとする意図の感じられる方針であったが、無足の御家人たちを救いたいと願っている源頼家の想いもまた真実であったろう。源頼家自身が、野心と欲を剥き出しにした御家人たちのことを嫌っているのである。

ならば、囚女に成り下がるという屈辱に堪えてまでして、坂額御前は、どうして大人しく鎌倉に護送されてきたのか。

「まことに残念だ……城資盛殿のことは……」

両手を合わせた浅利与一の両眼には、このとき凝《こ》った光が宿っていた。

その浅利与一が、坂額御前に向かって、

「まだ、諦めることはない」

と、語気を強くした。

城資盛と合流を果たし、坂額御前は、おそらく、ある男の殺害を企てている。

その男の主導によって、梶原家と越後城家が滅亡した。

(坂額御前は、そのことを信じて、決意を固めて、おそらく鎌倉に入った……)

と、それが浅利与一の見立てであった。

現状から判断して、城資盛の死は確実であり、坂額御前といえども独りでできることには限りがある。

浅利与一は、そうしたことを考慮したうえで、猶、坂額御前に向かって、まだ諦めることはないと言い出したらしい。

すると小笠原長経が立ち上がり、西の副屋から出ていこうとした。

坂額御前の狙いは、頼家殺害ではない。小笠原長経の胸中においては、そのことが確信に近いものになっていたらしい。

が、すぐさま浅利与一の口から、

「待て！」

との声が発せられた。

ぴたりと足を止めた小笠原長経へ、浅利与一が、

「佐々木盛綱の郎等・古庄惣六は、北条時政の下知に従っている」

「北条時政の下知に……古庄惣六が……？」

「罠に嵌まったのだ。そなたは……」

「わっ、吾《われ》がですか！」

「坂額御前の腹巻。その草摺に傷はなかった。そのことを言い出せば、余計な勘ぐりを起こして、そなたが稲瀬川屋敷に向かう。囚女・坂額御前と共に小笠原長経が頼家様の暗殺を企てている。おそらくは、そういう筋書きだ」

「なんと……ははは」

「可笑しいか？」

「まったくもって下手な筋書き。そうは思いませぬか」

「上手であるか下手であるか、それを決めるのは戦いに勝って生き残ったもの。死んだ者の声は、どこにも届かぬ」

「ならば、すぐに此処《ここ》を出て、頼家様にすべてを伝えます」

再び小笠原長経の足が出口のほうに向かったそのときであった。

藤沢清親が、西の副屋の前に駆け現われて、

「稲瀬川屋敷が、何者かに、囲まれておる！」

と、悲鳴に近い声を発した。

城家の残党が、坂額御前の身柄を、奪い返しにきたのではなかろうか。

血相を変えた藤沢清親が、西の副屋のなかに飛び込んできたのであった。

すると浅利与一が、

「屋敷を包囲しているのは、北条時政の手勢だ」

と、こともなげに言い返した。

さすがに驚いた顔付きをしてみせたものの、事情を説明されて、ようやく状況を把握するに至った藤沢清親が、これからどうするかについて迷い出している。

小笠原長経にしても、やはり、同様の想いであったらしい。

比企家を後ろ盾としている源頼家でなく、北条家の手元にある幼い千幡（源実朝）を、北条時政は鎌倉殿にしたいと願っている。

梶原景時が逝った今、源頼家のことを支えようとしている有力御家人は、比企能員と加賀見遠光である。

加賀見遠光の孫にして、源頼家の側近をつとめている小笠原長経が、やはり北条時政にとっては邪魔な存在なのであろう。

政敵・加賀見遠光に対して、北条時政が打撃を加えようとしている。おそらくは、そういうことであろう。

夕暮れ時を迎えて、稲瀬川屋敷は、まだ穏やかな雰囲気に包まれている。

これから、どう対処するべきか。依然として、その判断に迷っている様子の藤沢清親に向かって、浅利与一が、

「藤沢殿は、郎等たちと共に、屋敷の何処かに身を隠していろ。そうしたほうがよい」

「我らが身を隠す……どうして?」

「申したはずだ。北条時政の手勢が、もうすぐ此処を襲う。この屋敷内に、頼家様を殺害しようと謀議を交わしている者たちがいる。そういう筋書きだ」

「であるならば……我らも戦う」

「北条時政と戦う。その覚悟があるのか」

「いや……坂額御前の身を護れとの幕命なれば……」

「幕命など、どうでもよい。北条時政と戦う。その覚悟がないのであれば、郎等たちと共に身を隠していろ。坂額御前のことは、この浅利与一が護る。何も心配するな」

「そ、そうか……ならば浅利殿に、すべて任せてよいのか」

「ああ。早く行け」

踵を返した藤沢清親が、振り返りもせずに、西の副屋を離れていった。

◇

夜の帳がおりると、耳をつんざくような野鳥《とり》の鳴き声が周囲に響きわたった。

と、同時に、稲瀬川屋敷の敷地内に黒い人影が侵入《はい》ってきた。

二十人ばかりの、黒装束の男たちの中にあって、ただ一人、直垂姿の男が大股に歩みを進めてくる。

篝火に照らし出されたその男の面貌《かお》は、世辞にも美男とは言い難く、顔の輪郭が四角く角張り、大目玉・胡座《あぐら》鼻が個性的である。伊豆国北条家は歴とした桓武平氏の流れというが、北条時政の容貌からは、そのような高貴さが微塵も感じられない。それよりもかつて北条館のあった伊豆国は隠岐・佐渡・土佐と同じ遠流の地であり、最も重い罪を犯した者たちの移り住んだ国の一つであった。

ただし、伊豆国流罪となったものたちが皆、極悪人であったということではない。蛭ヶ小島に流されていた源頼朝がそうであったように、伊豆国は時の権力者に敗れた不運にして有能な公家・武家・僧たちの多くが移り住んだ国の一つであった。

代々北条家は、そのような土地に家を構えていたのであり、そんな彼らの血が脈々と北条家の中に流れていたとしたならば、怨念・希望・憎悪・高潔・堕落といった収拾のつかないものが、時の流れに収斂されて、いま一人の男に人間離れした力を与えようとしている。北条時政とは、そんな底知れない力を感じさせてくれる男であった。

と……。

北条時政の背後において、一旒の旗が差し上げられた。

八幡神の旗である。

治承四年（一一八〇）十月、鎌倉入りを果たした源頼朝が、由比の地の若宮八幡宮を北山に遷した。

若宮八幡宮を、由比の地に勧請したのは、陸奥守・源頼義である。

前九年の役を鎮定して、その戦勝を記念するために、京の石清水八幡宮を由比の地に勧請したのであった。

八幡神は、謎に包まれた神だと言えよう。

天平勝宝元年（七四九）十二月、九州の宇佐から平城京に入った八幡神は東大寺に迎え入れられた。大仏鋳造が完成していた東大寺には五千人の僧侶が読経を唱えており、五節の田舞や久米舞等が演じられていた。

そこに登場してきたのが、宇佐宮の巫祝《ふしゅく》・大神杜女《おおみわもりめ》であった。三年の歳月を費やして鋳造を終えていた東大寺・毘盧遮那仏を大神杜女が拝顔する。このときから八幡神は東大寺の守護神となり、一品の神階を授かり、朝廷からの篤い信仰を受けるようになる。

一〇世紀初頭になると、伊勢神宮と共に石清水八幡宮が、

「二所宗廟」

と、称されるようになる。

天皇の血統を守護し、皇位継承を律する神。つまり八幡神は皇祖神となったのである。

ところで、『古事記』にも『日本書紀』にも、八幡神は登場していない、その起源には諸説があって、現代《いま》においてもそれは謎である。

八幡神に関する伝説は様々であり、これは、その中の一つである。

養老三年（七一九）、大隅国の隼人が蜂起して辛国城《からくに》を攻撃した。辛国城は、隼人の民の土地を奪った豊前国からの移民が築いた城であった。その後、征隼人大将軍の派遣が決まったものの、朝廷軍の苦戦が続いて、再度、豊前国軍が辛国城救援に向かうことになった。その軍隊が奉じていたのが、八幡という神であったらしい。

隼人征伐においては、多くの兵と民が斃《たお》れて、疫病の蔓延が懸念されていた。そうした状況下において、八幡神が放生を催して傷ついた人々の心と躰を癒やしていった。そして医術や巫術をもちいて疫病の蔓延を防ごうとしていた。

つまり合戦によって荒廃した土地に、八幡神が秩序と安寧をもたらそうとしていた。そういう

神であるからこそ、隼人征伐から三十年後に東大寺の守護神として迎え入れられた。そうした想像をふくらませてみることも、決して無駄なことではないであろう。

が、そうした古い話は、もはや、どうでもよいことであったらしい。八幡神の伝説も、天孫降臨の神話も、すべて人が創り出したもの。時の権力者が、己の都合により、様々な物語を紡ぎ出してきた。古い昔は、どうであれ、いま八幡神は、武家の都・鎌倉に勧請されている。これから鎌倉御家人たちが、軍神として、その八幡神を崇拝するようになる……。

もはやそうなることが決まっているのだと、そうした面構えを見せつけてくる北条時政が大目玉をギョロリとさせて、

「清浄なる天皇を中心として、すべての浄穢が決まり、清浄なるものは身分が高く、穢れたものたちは身分が低い。われらは都の貴人たちが創り出したこの物語に長年にわたって支配されてきた。しかし今後は、鎌倉の八幡神が荒ぶる軍神として日の本に君臨する。王土王民であるとか、神国であるとか、それはもう終い。新しい国が、これより誕生するのだ」

では新しい国とは、いったい、どのようなものなのであろう。

力強く一歩を踏み出した浅利与一から、そのことを問われた北条時政は、

「血と汗を流し、自らその手に勝ち取ったものは、すべて己の所有となる。そういう当たり前のことが通用する国だ」

「力こそが正義。そう申すのか」

「浅利殿であれば、それがよくわかるはず」

「何……」

「一条忠頼《ただより》も、安田義資《よしすけ》も、力さえあれば死なずに済んだ。そうなのでは」

「………」

途端、浅利与一の顔に暗い翳がさした。ひどく苦痛の面持ちである。

新羅三郎義光以来の名門・甲斐源氏一門の力を、かつて源頼朝が強く警戒していた。

甲斐源氏一門を率いていた武田信義《のぶよし》は、浅利与一の舎兄《あに》であったが、

「頼朝とは同格。いや、蛭ヶ小島の流人であった頼朝よりも、自身のほうが格上」

と、自負していた。

当然、甲斐源氏一門に対する警戒の目は厳しいものとなり、武田信義の嫡男・一条忠頼は、

「威勢をふりかざし、世を乱す志あり」

と、確たる証拠も、事実もなく、無惨に惨殺された。営中、頼朝の面前において騙し討ちにされたのであった。

さらに、永福寺《ようふくじ》薬師堂供養の際、女房の聴聞所に艶書を投げ込んだという訳の分からない咎によって安田義資が梟首となった。

鎌倉幕府創成期においては、甲斐源氏一門から多くの血が流されていたのであった。

「この世で醜い争いごとや解決し難い困難に巻き込まれたとき、人は飢えた獣が餌を欲するよう

にして、強い力を求めるようになる。力がなければ他人《ひと》に罵られて虐められ、自らの命ばかりか一族一門の命までもが危うくなる。この世には数えきれぬほどの正義があり、その正義を護ろうと、誰もが必死なのだ」

北条時政が、次の瞬間、腰に佩いた太刀を引き抜いた。

夜空に向かって、その太刀を高々と突き上げて見せたのであった。

「治承の旗揚げの際、この太刀が我が身を護った。もしも、この太刀を鞘から抜かずにいれば、今でもわしは伊豆の土豪のままであった。しかし、わしはこの太刀を錆び付かせはしなかった。だからこそ、わしは今、都の貴人たちからも怖れられる鎌倉の有力御家人となった。わしの出世を諸国の武士たちが賞賛しておる。力こそ正義。そうであろうが」

北条時政の声が、夜空に向かって、甲高く響き渡った次の瞬間であった。

突如として、その場に駆けあらわれた坂額御前の手には弓矢が握り締められていた。

その坂額御前が、

「よい張顔《はりがお》！」

と、声を発した。

張顔とは、弓に弦を張った姿である。弓の上手であれば、張顔を一見すれば、弓の良し悪しが分かるという。

征矢の矢束《やつか》は、十五束《そく》。

束《つか》は、握り拳（指四本分）の長さであり、十二束程度が通常である。

高々と打ち起こされた弓が、三日月を描いた次の瞬間、浅利与一の口から感嘆の声が漏れ出た。

短音を響《とよ》ませて放たれた征矢が、北条時政の太刀を見事に打ち砕いていたからであった。

「魔物のような女武者と怖れられた、越後の坂額御前か……」

北条時政が、凄まじい形相を浮かべて、

「身を護る太刀など、まだ、いくらでもある」

と言い、唾を吐き捨てた。

そのあと、折れた太刀を放り捨てたことが合図となって、黒装束の男たちが動き出した。

横一列に隊列を組んだ男たちから凄まじい殺気が放たれてくる。

そのとき闘争本能を剥き出しにした小笠原長経が猛然と突進を開始していた。

中央突破し、北条時政に襲い掛かろうという腹づもりであったらしい。

黒装束の男たちからは、

「そのまま」

「動くな」

との声が上がっていた。

そのあと小笠原長経が隊列に突っ込むと、

「やっ」

「くっ！」

と、殺伐とした声が上がった。

源頼家側近として、威張り腐っているだけの虚勢を張った若者。浅利与一には、そうした想いがあった。が、どうやら、それは違っていたらしい。

瞠目に値する、勇猛果敢な、小笠原長経の闘いぶりであった。

が、いったい、どうしたことであったろう。

浅利与一には、このとき、まったく戦う素振りが見られなかった。

浅利与一は、ある人物の登場を待っていた。

その人物は、坂東の老《おとな》たちの心情を、よく汲み取ってくれていた。

◇

「長経。そこまでだ」

浅利与一が、小笠原長経の手を引いて、引き寄せた。

小笠原長経の目が血走っている。

凄まじい敵からの攻撃を受けて、無傷を保っていることが、まさしく奇跡的であった。

その小笠原長経の背後には、気づかぬうちに、二つの人影が接近していた。

獣の皮をなめした鎧の札《さね》のように面貌《つら》の皮が厚い男。一人が、十市師尚であり、もう一人が、北条時政がよく知る人物であった。

北条時政の娘にして、源頼家の母である、北条政子であった。

北条時政が、娘・政子の登場に、予想以上の動揺を示している。

現時点において北条時政は、政敵・比企能員《ひきよしかず》の後塵を拝している。このまま源頼家が成長して比企能員一門の勢力が拡大していけば、北条家の行く末が暗く閉ざされることになる。そうなることを防いで、今後とも北条家を飛躍させていくためには、亡き頼朝未亡人としての、娘・政子の協力が必要不可欠である。

一旦、黒装束の男たちを後方に退《ひ》かせた北条時政が、娘・政子のほうに身を寄せていった。するると、相手の胸を突き刺すよう勢いで北条政子が、

「父上。そろそろ、隠居をなされては！」

と、甲高い声を発した。

北条政子は、のちに尼将軍と称されるほどの女傑である。

父・北条時政を前にしても、まったく貫禄負けするところがなかった。

「わしが隠居を、どうして？」

北条時政がやんわり返すと、

「六十を過ぎたのでござる。そろそろ御仏にすがり、浄土で過ごされる仕度をなされては如何

か」

「御仏にすがるだと……そのようなことは絶対にあり得ぬ。このわしは己のみを信じて生きてきた。今後もそれに変わりはない」

「ならば隠居を、どうしても、なさらぬと」

「無論だ」

次の瞬間、目頭を熱くした北条時政が腫れものに触るようにして、娘・政子のほうに手をのばし、

「この父に向かい、そのような物言いとは、やはり頼家が頼りなく、そなたは不安なのだな」

音を鳴らして鼻をすすり上げた。

北条時政は、以前、配下の雑色から次のような報告を受けている。

ある晩、配下の雑色が御所の寝所に忍び入ると、ひどい寝汗をかいた源頼家が唸るような叫び声を発していたという。

「時政と母上は、鎌倉将軍家よりも、北条家のことを大事に思うておられる」

「わたしにも、母上を、お護りすることができる。母上、どうか、こちらを見てくだされ。見てくださらぬのであれば、この手で母上を」

源頼家は、悶え苦しむように、何度も唸り声を発していたという。

北条政子にしても、鎌倉殿の重責に押し潰されそうな息子の姿に悲痛な思いを抱いている。

北条時政は、娘・政子の不安と哀しみを、十分に察しているのであった。

「頼家のことは、このわしに任せよ。悪いようには致さぬ」

膝の上の猫へと話し掛けるようにして、北条時政が甘い声を発すると、

「ですが父上は、頼家よりも、千幡（実朝）のことを……」

「わしにとっては、二人とも、大事な孫だ」

「父上。まことにございますか」

「このわしが、そなたの期待を裏切ったことがあるか。わしは苦労を惜しまず、ここまで急坂を駆け上がってきた。そして、これからも駆け続ける。そなたは父を信じて、黙ってついてくればよい」

かつて北条時政は流人・源頼朝を担いで治承の旗揚げに踏み切った。以仁王の令旨を根拠にしての挙兵であったが、平家寄りの貴人たちからしてみれば、源頼朝の挙兵は明らかな謀反であった。

北条時政は、謀反人を担いで、平家打倒という冒険に乗り出した。強運を発揮して、急坂を駆け上がってきた、まさしく稀有な漢《おとこ》といえよう。

そうした父のことを労《ねぎら》う気持ちが多少なりともあった様子である。

しきりに頷く仕種をくり返す、政子なのである。

が、最後には毅然とした面持ちをして、

「父上は、亡き頼朝公を支えてくれました。その功により、此度のことは不問に付します。ですが、過ちをくり返すようであれば、今後は容赦致しません。都の貴人たちが創り出した物語や神話を継承し、鎌倉は京の都と共に繁栄していく。それが頼朝公のご遺志です」

再び稲瀬川屋敷に静寂が訪れた次の瞬間、北条時政が、

「ふふっ」

と、含み笑った。

死んだ頼朝も、都の貴人たちも、決して怖れぬ。北条時政の含み笑いからは、そうした意志の強さが感じられた。

が、北条時政は、それでも娘・政子に向かって頭を垂れた。

浅利与一の耳が、北条時政の口から漏れてきている呟きを聞き逃してはいなかった。

北条時政は、童のように、無邪気な笑みを浮かべて、

「また、一つ、楽しみが増えた」

そう呟いていたのであった。

◇

建仁元年（一二〇一）、六月二十八日のことであった。

囚女・坂額御前が、御家人たちの集まる御所に入った。

御所の侍所には、畠山重忠・小山朝政・和田義盛・比企能員・三浦義村らの錚々たる面々が顔を揃えていた。

坂額御前は、その座の中央を通り、源頼家の控えている簾中へと足を進めた。

その間、いささかも諂《へつら》う様子がなく、堂々としたその態度は、豪勇の士にくらべて全くひけを取ることがなかったという。

翌日には、浅利与一から、一つの嘆願が出されている。

加賀見遠光の娘・大弐局を通じて、源頼家のもとへ、坂額御前の身柄を預かりたいとの旨が伝えられたのであった。

源頼家と浅利与一の、それからの遣り取りが、こういうものであったらしい。

「坂額御前は、無双の朝敵である。そのことを知りながら、女の身柄を預かりたいとは、どういう考えか?」

そのとき浅利与一は、源頼家へ、

「坂額御前と同心の契りを結び、逞しい男の子をもうけて、朝廷を護り、鎌倉を助けていきたい。ただ、それだけのことです」

と、答えている。

すると源頼家は、このように返答したという。

「女の容貌は美しい。だが、その心は猛《たけだけし》く、誰があんな女を愛するものか。与一の考えは、まともではない」

それでも源頼家は、浅利与一の願いを許したらしい。

甲斐国浅利村（現・山梨県中央市）は甲府市の南方に位置する。

その浅利村から少し離れた場所には、現代《いま》もって、坂額塚と称される場所が残されている。

巴・坂額と並び称されて、この時代を代表する勇婦と謳われていた坂額御前であるが、その生涯はまったく謎に包まれたものであった。

それは、浅利与一にも同じことが言えよう。

梶原家滅亡から三年後、北条時政の陰謀によって比企能員の一族が滅亡し、さらに伊豆国修善寺において源頼家が暗殺された。

陰謀の限りを尽くした北条時政であるが、北条時政自身も失脚の憂き目に遭い、その跡を継いだ北条義時の時代に三代目鎌倉殿・源実朝が暗殺されて、鎌倉将軍家から正統な頼朝の血が絶えた。

その後、鎌倉幕府軍が後鳥羽上皇の朝廷軍を打ち破ったのが、承久三年（一二二一）六月のことであった。

浅利与一は、その三月後の、承久三年九月に七十一歳で没したという。

天慶前夜

そこは仙人が住む蓬莱山《ほうらいさん》のようであった。飛雲にまで達していそうな岩肌が屹立《きつりつ》し、その脇に千尋の山峡が穿《うが》たれてある。覚束ない足取りでそこを歩き出すと、緊張した精神を逆撫でするかのような咆哮が耳に噛み付いてきた。それは群れた人間の断末魔の悲鳴であった。

夥《おびただ》しい数の屍が堆《うずたか》く積み重なり、そこから流れ出る鮮血が葉脈のようにひろがり続けている。直視に堪えきれず、視線を上に持ち上げると、勇ましい哮《たけ》り声と共に空から鎧武者が降ってきた。鬼気迫る形相で辺りを睥睨《へいげい》した鎧武者が、五本十本と矢継ぎ早に矢を放つ。

いったい何処《どこ》を射ている。四方に視線を投げると、またもや空から人が降ってきた。見ると、黒髪が腰の下にまで垂れている女であり、次の瞬間、解部《ときべ》景任《かげとう》の視界に信じがたい光景が飛び込んできた。鎧武者の放った矢が女の躰をすり抜け、女の奇妙な手の動きにあわせて霧が流れて突風が吹きすさび雷鳴が鳴り響いた。

まことに凄まじい女の力であったが、鎧武者のほうにも人間離れした強靱な肉体があった。突風に吹き飛ばされた躰が千切れそうになっても金剛石さえ粉砕しそうな稲妻に直撃されても、猶、敢然と闘い続けた。だが、鎧武者にも限界がきた。力尽きて膝を折り、やがて勝ち誇った女を泰然と睨《ね》め付けて自害を図ろうとした。

だが、女がそれを許さなかった。男の躰に組み付いて刀を取り上げ、頑丈に威《おど》された鎧を素手で毟《むし》り取った。もはや、男は赤子同然であった。衣服を剥ぎ取られて無惨に地面に転がされたのであった。

「うわあああ！」

と、解部景任が叫んだ。

まことに怖ろしい夢であった。目を醒ましたあとにも、女の姿が頭の中にちらついている。

実は、昨夜にも不思議な体験があった。かつての菅原道真の邸宅・左京五条の紅梅殿跡を囲む築地塀に破れた箇所があり、そこに足を進めていくと、太鼓の音が鳴り止むと同時に築地塀の奥から直衣《のうし》姿の人物が姿をあらわした。

景任は、そのとき強い違和感を覚えていた。菅原道真の怨霊に扮した人物は、阿修羅のように凄まじい形相を浮かべている。そうであるに違いないと思っていたところが、目の前に姿をあらわした怨霊は、白蛇のような細い腕を直衣の袖口に覗かせていた。たおやかな妖しい雰囲気を漂わせていたのである。

即座に矢を放つと、十分に手応えがあり、築地塀の破れた箇所から敷地内に駆け込んだ。

ところが、そこに直衣姿の人物を発見することができなかった。

その場に遅れて駆け込んできた解部《ときべ》友任《ともとう》にしても、

「いったい、どうして？」

と、狐につままれた顔付きをしていた。

◇

重明《しげあきら》親王邸の警固を担っている伯耆《ほうき》頼信《よりのぶ》が、左京四条邸に藤原清貫《きよつら》を訪ねてきたのが、延長八年（九三〇）の六月某日であった。藤原南家の当主にして、大納言と民部卿の重責を兼ねている藤原清貫は、廟堂の中枢を担う一人であり、一方の伯耆頼信は地下《じげ》の身分にあった。共に六十四歳になるが、じつに二十数年ぶりの再会であった。

菅原道真の怨霊について語り出した伯耆頼信の両眼《まなこ》には、隠しきれない鬱憤《うっぷん》が熾火《おきび》のように燻《くすぶ》っていた。

強く拳を握り締めて、長い顎を突き出し、

「菅原道真の怨霊は、左大臣・藤原忠平様の謀事《はかりごと》に違いない」

というのであった。

菅原道真らを重用して、宇多天皇が推し進めようとしていた天皇親政。そして、それを阻止しようと画策していた藤原北家。その結末というのが、仁和寺に入って仏道に励まれるようになった宇多法皇のお姿であり、藤原北家に囲い込まれて儀式政治に邁進するようになった醍醐天皇のお姿であった。儀式政治に傾倒して、有職故実《ゆうそくこじつ》や天皇作法を熱心に学ばれている醍醐天皇のお姿は、藤原北家にとって、この上もなく好都合であったろう。そして、そうした醍醐天皇の病状がここにきて悪化の一途を辿っていた。

もしも天皇崩御となれば、皇太子・寛明《ゆたあきら》親王が皇位に就くことになる。が、その親王は、まだ八歳であった。そのため幼帝反対を唱えている者たちの間から重明《しげあきら》親王の即位を望む声が上がり出している。重明親王は、二十五歳となる、寛明親王の兄である。

兄をさしおいての弟の立太子は、その生母が藤原忠平の妹・穏子《やすこ》であったからである。寛明親王の即位をのぞむ藤原忠平が重明親王を苦しめるために、菅原道真の怨霊を出没させている。そのため食事が喉を通らなくなった重明親王が体調を崩されてしまった。そういう危難から逃れるために、重明親王を連れて都を離れる。伯耆頼信がそれを言い出したのであった。

最初、清貫は、

(それも、やむを得ないことか……)

と、思った。

五十一歳になる藤原忠平は、藤原北家の当主という権力者でありながらも驕り高ぶらず、温厚な人柄であるとの評判であった。ただし、それが忠平本来の姿であるとは限らない。本来の忠平は謀略を好む冷酷非道の男である。そのことを、よく承知している清貫だけに、

（宇治か山科の別荘ならば、問題なかろう）

と考えていたのであった。

ところが、すぐに清貫の表情《かお》が凍り付いた。武蔵国住人・鯨井三郎《くじらいさぶろう》という男が、伯耆頼信に招《しょう》じられて姿を現わしたからであった。

名門・嵯峨源氏を出自としている源仕《つかう》は、罪を犯して武蔵国足立郡に流罪となり、そのまま武蔵国に移住した。皇族・皇親であることを誇りにしており、天下の政治《まつりごと》を取り仕切る藤原北家に敵愾心を抱いている。伯耆頼信にしても、一時期、主人・源仕に付き従って武蔵国に移り住んでいた。それが数年前に都にもどり、重明親王邸の警固を担うようになった。主人・源仕の妹が重明親王の実母《はは》であったからである。

今、最も源仕から信頼されている人物が鯨井三郎だという。

その鯨井三郎が、清貫に向かって、

「重明親王を喜んでお迎えする。仕様が、そのように仰せです」

と、口を開いたのであった。

もちろん、親王は、勝手に畿外に出ることを禁じられている。ましてや嵯峨源氏の源仕は武蔵国に移り住んだあとにも幾つかの騒擾《そうじょう》事件を引き起こしている。いまだに藤原北家に敵愾心を

抱いている。それが確実であった。

もしも朝廷の許可なく、源仕が、重明親王を武蔵国に迎え入れたとしたならば、

「親王を擁して、源仕が、東国にて挙兵の構え」

などと、謀反の疑いを掛けられることが必定である。

だから、重明親王の武蔵国行きには絶対反対である。そうした自身の立場を明らかにしておこうと考え出している清貫であった。

が、しかし、

「信頼して書状を託せるのは、清貫様だけです」

と、膝を進めてきた伯耆頼信から懇願されてしまったのであった。

自身にも、源仕にも、一切野心はない。都を発つ前に、そうした書状を重明親王が認めておくので、清貫のほうからその書状を天皇に手渡してほしい、との依頼であった。

病状が悪化の一途を辿っていたために、醍醐天皇への拝謁が側近以外の誰にも許されていなかったのである。

が、しかし、清貫はそれほど甘くはないと感じていた。重明親王と源仕には、以前から凄まじい野心があった。事実を曲げて偽りを真実とする。藤原忠平にとっては造作ないことである。ましてや、そうした書状を預かってしまえば、重明親王と関わる人物の動きに敏感になってきている藤原忠平から必要以上の警戒心を向けられることになる。

最悪の場合には、

「大納言も謀反人の一味か！」

と、身に覚えのない罪を着せられる可能性がある。

清貫は、そのため伯耆頼信への返答を保留にして、ことの真相を突き止めるべく、

「菅原道真の怨霊の正体を突き止めよ」

と、解部《ときべ》景任《かげとう》・友任《ともとう》父子に命じたのであった。

◇

左京北部・冷泉小路の北頰《きたつら》に接している重明親王邸の斜向かいに倉庫《くら》が建ち並んでいる。夜明けまで、あと半時ばかりの時刻となったときに、倉庫の屋根の上に身を隠していた解部景任・友任父子の耳に太鼓の音が飛び込んだ。

太鼓の音を追い掛けて、左京五条・紅梅殿跡に駆け向かうと、そこからが昨夜とは違う展開になった。東の方角へと太鼓の音が遠ざかっていき、鴨河原に姿を現わした直衣姿の人物が一艘の舟に乗り込んで川を下り始めたのであった。

現在《いま》はもうないが、京と宇治の間には巨椋池《おぐらいけ》という、東西六キロ、南北四キロにわたる巨大池があった。鴨川から淀川の流れに乗って巨椋池を東西に横断した直衣姿の人物が、今度は徒歩《かち》で

宇治の山々に分け入ったのである。

景任も友任も、走ることには自信があった。速さにも持久力にでもある。その二人が軽快な足取りで山径を突き進んでいく直衣姿の人物に追いつくことができなかった。直衣姿の人物の後ろ姿を見失わないようにすることに精一杯であった。

山の嵶《たわ》んだ窪地に出ると、やがて清冽な湧水の流れが周囲に響き渡り、窪地の緩やかな坂道を下っていくと、古びた山門に行きあたった。山門脇の朽ちた木板には「陸沈寺《りくちんじ》」と墨書きがある。周りの木々の葉の一枚一枚に貪・瞋・痴・怨・憎・苦とおどろおどろしい筆致の文字が墨書きされており、その場所を通り過ぎたところに直衣姿の人物が立ち止まっていた。

最初から、二人のことを、この場所に誘おうとしていたのか。待ち侘びていたという顔付きを見せつけてくる直衣姿の人物の口から女の声が発せられた。目鼻立ちの整った美人とは言えないものの、白い肌と腰の下にまで垂れている黒髪が魅力的であり、その容姿というのが、奇妙なことに、昨夜の悪夢に登場してきた女のそれと酷似していた。景任にとっては、そのことが驚きであった。

周囲に警戒を払いながら、景任が足を進めていくと、直立したままの女が、

「わたしは伊予《いよ》。此処《ここ》まで、ようついてきた」

「何故、我らを此処に誘った？」

「是非、会わせたいお方がいる」

「ほう。誰か？」

「まあ……黙ってついてこい」

女のあとを追い掛けると、すぐに小さなお堂に出た。中に入って腰を下ろすと、しばらくしてから古板の軋む音が鳴った。静かな足音と共に姿をあらわしたのが、広い額の下の両眼が穏やかでありながらも、やけに鋭い、七十がらみの老僧であった。

「よくぞ、お越しくだされた」

静かな語り口調でありながらも、その声には、人を萎縮させるだけの威圧感が感じられた。景任と向かい合うようにして腰を下ろした老僧が、これから話す内容は重明親王のためにもなることだと、その前置きをしてから喋り出した。

醍醐天皇の病状が、悪化の一途を辿っている。そして皇太子・寛明親王は、まだ八歳である。そのため藤原北家隆盛の陰に隠れて没落していった有力貴族の末裔たちが、ここぞとばかりに幼帝反対の声を上げだしている。かつての名門貴族の末裔たちが、藤原北家に強い怨みを抱いて虎視眈々と再起の機会を窺っている。そんな彼らは、必ず重明親王の擁立を企むはず。自らに降りかかるであろう危難を避けるため、重明親王は、しばらく都を離れるべきである。老僧がそれを言い出したのであった。

「伯耆頼信という男から、内密に、依頼があったであろう。景任殿は、その依頼を受け入れるよう、清貫様に助言をなされてみては如何か」

老僧の勧め通り、重明親王が武蔵国入りを果たしたならば、親王を擁した源仕が東国にて挙兵の構えなどと謀反の疑いをかけられる危険性が大である。それでは重明親王に、さらなる禍が降りかかってしまう。

すると、老僧が景任の頭の中を見透かしていたかのようにして、

「重明親王には、斉世《ときよ》親王と同じ道を辿っていただく」

と、返答してきた。

事の起こりは、二十九年前のことになる。

醍醐天皇を廃して、皇弟・斉世親王のことを、新帝に擁立しようと謀っていた。その罪状によって右大臣・菅原道真が太宰府左遷となった。

斉世親王は仁和寺において出家し、真寂を名乗った。親王が他界したのが三年前、四十二歳のときであった。

寛明親王は、まだ八歳であり、元服までに四、五年掛かる。

そのあいだに重明親王を新帝に擁立しようと企むものたちが現われたとしたならば、そのとき藤原忠平が、どう動く。

過去を振り返れば、過酷な皇位継承争いに巻き込まれた数多《あまた》の親王たちが悲惨な末路を辿っている。

老僧曰く、重明親王にとって、出家の道は、

「悪い話ではない」

というのであった。

老僧のことを裏で操る人物が、どうしても重明親王のことを出家させたいらしい。

（まったく……）

と、このとき景任の眉間に深い皺が寄っていた。

しかし、ここで怒りを爆発させるというわけにはいかなかった。かつて滅んだ名門貴族たちと同様、ここで判断を誤れば、藤原南家までもが没落の危機に直面してしまうかもしれない。

「清貫様に、その旨を伝えましょう」

と、景任は短く答えた。

すると、今まで押し黙っていた伊予のほうをちらりと見遣った老僧が、

「ふふっ……」

と、顔を綻ばせた。

そのあと景任と友任が、急いで宇治の山中を離れて洛内に戻っていった。

◇

景任からの報告を受けた清貫の頭の中には、半月前の記憶が蘇っていた。

半月前の、その日、清貫の姿は小一条第にあった。

主殿広間に通されて、前庭のほうをぼんやり眺めていると、八寸《やき》の黒毛をひいてくる男の姿が見えた。

馬の背から地面までの垂直距離が馬の体高であり、八寸とは、体高が四尺八寸の馬のことである。

まもなく主殿広間に姿をあらわした忠平は、清貫の前に腰を下ろして、

「都一番の名馬は？」

と、訊いてきた。

今、都一番の名馬と評されているのは、忠平の愛馬・栗疾風《くりはやて》であった。

その名の通り野山を疾風のごとく駆けまわる名馬であり、

「忠平様の愛馬、栗疾風です」

と、清貫は答えた。

すると、次の瞬間、忠平の首が大きく横に振られた。前庭の木に繋がれている八寸の黒毛・綺《き》羅黒《らぐろ》が、今日よりは都一番の名馬になると言い出したのであった。首が太くて腹の張り具合が良い。綺羅黒は、都一番の名馬に相応しい馬体をしていた。

そのあとには、予想通りの展開が待っていた。綺羅黒の主人になる気はないか。忠平が清貫に、そのことを尋ねてきたのであった。

「滅相もない」

と、清貫は恐縮しながら、

「あれほどの名馬を、どうして手放されるのです？」

と、訊き返した。

すると、忠平が胡座を崩しながら、

「余にとっての、都一番の名馬は、やはり栗疾風だ」

綺羅黒が自身の側にいては、栗疾風が嫉妬しよう。そのように言い出したのであった。

餌をちらつかせて、忠平が、

（いま自分を、手なづけようとしている）

清貫には、そのことが手に取るようにわかった。

だが、それでも忠平の口から直接綺羅黒を譲り渡すと言われてしまえば、清貫に、それを断ることはできない。

清貫は、すぐさま円座から腰を浮かして破顔する体勢に入った。綺羅黒の主人になれる喜びを精一杯に表現しておこうと考え出したのであった。

ところが、次の瞬間、忠平の口から予想だにしていなかった一言が飛び出した。

身分が、綺羅黒の主人として相応しくない。綺羅黒の主人には、大臣の位にある者が相応しい。

忠平の口から発せられたその一言により凌辱された童女のように清貫の双眸から光が消え失せた。

が、その双眸には、すぐさま力強さが加わった。だから綺羅黒の主人に相応しい身分となってほしい。忠平の口から、そのことが告げられたのであった。

「清貫様……」


と、主人の横顔をじっと見つめだしている景任の口が動き出していた。

ひとつ良い手立てがあると言う。

清貫は、溜息を漏らし、景任と視線を合わせながら、

「申してみよ」

「此度の、忠平様の狙いは？」

「重明親王を出家させて、皇位継承争いから外す」

「ならば清貫様が、自ら説得をなされてみては如何でしょう」

「重明親王に、私が、出家をお勧めするのか」

「成功すれば、此度の騒動は収まりましょう」

「ふむ……」

清貫の躰が板敷きの床の上にゴロリと寝転がった次の瞬間であった。

前庭の夏虫たちが急に鳴き止んだ。

一昨日、菅原道真の怨霊に扮していた伊予という女が、紅梅殿跡から姿を消した。

その不可思議な出来事の真相解明にと、景任が、配下の鹿足《しかあし》へ指令を発していた。

紅梅殿跡の監視を命じていた鹿足が、左京四条邸にもどってきたのであった。

二人の前に跪いた鹿足は、

「紅梅殿跡に、荷を背負った男が姿をあらわしました」

と言い、ニヤリとした。

景任は、すぐさま、鹿足へ、

「で、どんな男であった」

「灰汁《あく》の強い、脂ぎった顔付きをしておりました。長い黒髪の女が、その男のことを、布目又三《ぬのめまたぞう》と呼んでおりました」

「伊予という女だ。それでどんな仕掛けがあった」

「紅梅殿跡には、地下蔵が設けてありました。女と共に男がそこに入っていきました」

「やはり、そういうことか……」

あの日、菅原道真の怨霊に扮していた伊予は、放たれた征矢を躱《かわ》して、地下蔵内に身を隠したに違いない。

(ならば……)

と、期待をこめて景任が、

「話を盗み聞いたか?」

と、訊いた。

すると、鹿足が大きく頷いて見せた。

中国大陸や朝鮮半島から流れ着いた異国人たちの話によれば、二十三年前に唐が滅び、そのあと幾つかの新しい国が誕生している。朝鮮半島においても、高麗という国が十二年前に誕生している。我が国においても新しい国が誕生してもよい時期にきており、今こそ重明親王を武蔵国に迎え入れるべきである。布目又三が、女に向かって、そう話していたという。

布目又三という男は、陸沈寺の老僧と繋がっているはずである。

しかし、その二人が、まったく違う物言いをしている。

一方は重明親王が出家を果たすべきだと発言しており、もう一方は新しい国の主人としてであろうか、重明親王のことを、武蔵国に迎え入れるべきだと発言している。

まったくもって首を傾げざるを得ない状況であり、解決の糸口をなんとか見いだそうと、清貫が行動を開始した。

翌日に、伯耆頼信のもとへと足を運んだのであった。

重明親王邸の副屋《そえや》に入って、たわいない会話を二つ三つ交わしたあとに、清貫のほうから話を切り出した。坂東は、都以上に危険な土地柄である。そのようなところに重明親王をお連れして大丈夫なのか。すると伯耆頼信が、心配無用と答えた。その態度や仕種に気負いは感じられなかった。過信している様子も見られなかった。

自信満々に胸を張っている伯耆頼信へ、清貫が、

「仕殿の威勢は、それほど大層なものか?」

と、重ねて訊いた。

伯耆頼信は、顔色一つ変えずに、

「仕様の館には、夜盗盗賊たちも近づこうといたしません。近隣の郡司や富豪たちは、皆、仕様に畏敬の念を払っております」

「ほう……であるならば……」

「なんでしょう?」

「当然、大人しく構えては、いられまい」

「と、仰いますと?」

「力を持つと、人は狂う」

「さあ……それは、どうでしょうか」

「誰にでも、その心配があろう。そういうものだ」

「かつての仕様は、いつの日にか、都に戻り、嵯峨源氏の家門《いえかど》を立て直してみせると仰せでしたが、今は……」

「どうなのだ?」

「仕様とは、もう長いこと、腹を割って話し合っておりません。その本音がどこにあるか、いま

の私には、わかりかねまする」

伯耆頼信は、しらを切っているのか？

（ならば……）

と、清貫は両眼を鋭くし、

「鯨井殿を、ここに呼んでほしい」

と、声を張った。

源仕から、いま最も信頼されている鯨井三郎であるならば、主人の本音を理解しているはずである。

すると、伯耆頼信が困り顔を浮かべて、

「それが……生憎……」

「どうした？」

「鯨井殿は、出掛けております」

「ならば、戻るまで此処で待つ」

「構いませぬが、今日中に戻るかどうか、それがわかりません。できることならば、後日、あらためてということに」

「ふむ……」

「どうなさいますか」

「では、次の機会には、必ず鯨井殿の同席を……」

「承知いたしました」

腰をもちあげた清貫が副屋を離れて東門のほうへ歩みを進めていったときであった。

その場に偶然、鯨井三郎が姿を現わした。誰かに呼び止められたらしい。東門の下に足を止めた鯨井三郎がうしろを振り返っている。

すると門外から足を進めてきた男が、

「三郎殿！」

と、明るい声を発した。

鯨井三郎の正面に、親しげに、その男が歩みを進めていったのであった。

その刹那、突然の閃きに寄り添い、思案を続けていると、徐々に清貫の頭の中に鮮明に浮かび上がってくるものがあった。

◇

清貫の父・藤原保則《やすのり》は、かつて出羽権守として現地に赴任し、蝦夷の大反乱を終息に導いている。力ずくでなく、懐柔策をもちいて、過去最大の蝦夷の反乱を終息に導いたのであった。

清貫は、元慶二年（八七八）のその頃、父保則からこんな話を聞かされている。

「諸国の民には、長年にわたって培ってきた独自の習いと理がある。それを重んじようとする心が、此方《こちら》にあれば、おのずと相手のほうから話し合いに乗ってくる。愚鈍な民と侮り、理不尽な行為に及ぶ。だから、民の反乱が絶えぬのだ」

多くの人々からの尊敬をあつめていた父であったが、ただ一つ、若い時分の清貫からしてみれば、見苦しく思えてならない姿があった。

「桓武朝において、右大臣に昇られた藤原継縄《つぐただ》公が廟堂の頂点に立たれた。だが、その息・乙叡《たかとし》が政争に巻き込まれて失脚してしまい、そのため我が父は正五位下・左兵衛佐止まりであった。私は、必ず廟堂に返り咲き、もう一度、藤原南家の家門《いえかど》を立て直してみせる」

その言葉通り、父・保則は公卿として廟堂にのぼった。しかし、議政官としては最下位の参議止まりであった。最期を迎える時期《とき》まで、父・保則は、清貫の前でそのことを悔しがっていた。

寛平六年（八九四）の、冬の日、父・保則のもとに三人の貴人《おとこ》たちが集まってきていた。大納言・源能有《よしあり》と参議・菅原道真。そして翌年に参議に昇進する源昇《のぼる》の三人であった。

宇多天皇の親政を支えている四人であり、このとき四人がしきりに口に出していたことが、藤原時平に関することであった。

藤原北家に偉大な功績をのこした太政大臣・藤原基経《もとつね》が薨去してから、すでに三年の月日が流れていた。亡父のあとを継いで藤原北家当主となっていた藤原時平は、このとき、まだ中納言の地位に留まっていた。それでも藤原時平が、いずれは廟堂の頂点に君臨し、必ず内覧権を要求してくるはず。太政官の下僚が持参した文書に、内覧が許可を下し、その文書を大臣が天皇に奏上する。藤原時平が、内覧権を獲得してしまえば、間違いなく権力者としての道を歩み出すことになる。宇多天皇の親政を支えている四人としては、どうしても、それを阻止したかった。

「良い考えは……」

と、大納言・源能有が三人に向かって意見を求めていた。

すると、早速、菅原道真が、

「天皇への奏上は、左右大臣が担う。それが本来の遣り方です」

つまり、内覧権自体をなくしてしまえば良い、との考えであった。

そのとき源能有から視線を向けられた藤原保則は、小さく頷いてみせていたが、源昇のほうは厳しい顔付きをしたままであった。

かつて嵯峨源氏一門は、藤原北家と肩を並べるほどの、名門中の名門貴族であった。源昇の父・源融《とおる》は、左大臣に昇り、陽成天皇退位時には皇位に触手をのばしている。

名門嵯峨源氏一門を出自としている源昇は、揺るぎない信念として、

「藤原北家でなく、皇族・皇親が、天皇を支えるべきである」

と、信じていた。

そして、その主張が強烈なものであった。

唐国においては、皇帝の子息に領土が与えられていた。唐国の皇太子は、一国の主として、自

前の軍隊と官僚組織を保有していた。しかし、天皇の子息である日本の親王には領土が与えられていなかった。上総・常陸・上野の三国を親王任国に定めて、その三国からの税収の一部が親王たちの懐に入るのみであった。皇族・皇親たちが、天皇を支えていくためには、どうしても親王国が必要となる。源昇が、そのことを強く主張していたのであった。

その主張に対しては、七十歳と最年長であった藤原保則が、老顔《かお》を顰《しか》めていた。そのことを目指して埋進《まいしん》して行けば、近い将来、藤原北家との正面衝突になる。いまは宇多天皇の親政が軌道に乗り出したばかりであり、時期尚早という意見であった。

また親王国成立には、絶対反対という立場をとっていたのが、菅原道真であった。

「公卿廷臣たちは、親王国の成立を、天皇家の私産と見なします。天皇は、この国の公。聊《いささ》かも、そのことに疑念を抱かれることがあってはなりません」

そのように語気を強めていたのであった。

親王国の話題については、また後日ということになり、藤原保則以外の三人が、それぞれの帰路についた。しかし、その翌日には、源昇が源能有邸に足を運んでいた。親王国成立を、執拗に訴えかけていた様子だが、進展のないままに時が過ぎ去ったらしい。

あの冬の日から、すでに三十六年が経過しているが、四人の会話を盗み聞いていた清貫の眼には、今でも牛蒡《ごぼう》のように黒く痩せた男の姿が焼き付いたままとなっている。佐伯清輔《さえきのきよすけ》という男が、源能有の使者として、父・保則のもとに足を運んできていた。

源昇からの発言を、その佐伯清輔が、父保則のもとへ伝えていたのであった。

ところが、寛平六年（八九四）の翌年になると、藤原保則が他界し、その二年後に源能有が逝った。その後、菅原道真が異例の出世を遂げたことにより、源昇は親王国の話題を口にしなくなった。

佐伯清輔は、主人・源能有の死後、その娘の一人に仕えるようになっていた。

重明親王邸の東門において、鯨井三郎と親しい会話を交わしていたのは、経基王《つねもとおう》であった。

経基王は、清和天皇の第六親王・貞純《さだずみ》親王と右大臣・源能有の娘との間に生まれている。

藤原忠平の子息である藤原実頼・師輔兄弟の実母《はは》が、やはり、経基王の実母とは別の源能有の娘であった。

鯨井三郎と経基王の姿を目撃したときに、清貫の頭の中に閃いたことは、佐伯清輔が仕えるようになった、源能有の娘が、

（たしか、経基王の実母《はは》であった……）

ということであった。

そして、連想が止まらなくなった。

清貫は、景任を呼び出して、

「まだ生きているかもしれん。佐伯清輔の行方を探ってくれ」

と、命じたのであった。

地方から集められる課役民の暮らす場所がある。都には、それが用意されていた。諸司厨町《しょしくりやまち》とよばれる場所である。

◇

大内裏の東側に集中していた諸司厨町の一画に、数十年にわたり住み続けている老人がいる。洛内外の情報に詳しく、長年にわたって景任が頼りにしている伴光則《とものみつのり》という人物であった。

伴光則は、八十歳を過ぎており、染みだらけの黒い肌が樹皮のように乾き切っている。そのくせ、鼻をつまみたくなるような生々しい臭気を放つ男であった。

「右大臣・源能有様に仕えていた男?」

佐伯清輔という名に、聞き覚えがなかったらしい。

小首を傾げて、宙を見つめたままの伴光則のほうを見つめながら景任は、

「佐伯清輔は、右大臣の死後、その娘に仕えるようになった。それが経基王の実母《はは》だ」

「ところで……官衙への出仕は?」

「おそらく、ないはずだ」

「そうだな……二日後、また此処に来い」

「期待してよいのか」

「ああ……」

約束通り、二日後、伴光則が佐伯清輔の居所を突き止めていた。

ただし、男と会って話すことは出来ないという。

「佐伯清輔は、嵯峨野の墓の下だ」

伴光則が、そう口にしたのである。

病に罹って、今年の初めに死んだらしい。伴光則曰く、墓の近くに、生前佐伯清輔が暮らしていた家があるという。景任は、諸司厨町を飛び出して、嵯峨野に足を運び、早速聞き込みを開始した。

すると、晩年の佐伯清輔が、不自由な独り暮らしを続けていたことが判明《わか》った。

ただし、死の直前に、若い女の世話を受けていたという。

里の老人《おとな》たちをつかまえて、その女の素性を尋ねてみると、

「あれは誰であったか？」

「女を、里に連れて来た、あのお方のことか」

「たしか、あれは……」

「経基王というお方だ」

佐伯清輔の世話をさせるために、経基王が、若い女を里に連れてきていたという。

翌日、清貫からの呼び出しに応じ、伯耆頼信が左京四条邸の門をくぐった。

左京四条邸の西北隅には、小さな蝸舎《こや》があった。考え事や悩み事があるときに、清貫が独りで駆け込む場所となっている。

蝸舎の周囲には湧水を引き込んだ溝が巡り、溝の内側の建物の壁に石灰や蠣殻灰《かきがらばい》が塗り込んである。文倉《ふみぐら》のような建物のなかは、二坪ほどの広さであり、清貫が、何一つ物が置かれていない床の上に端座していた。

朝方からの強い日差しにより、蝸舎のなかが蒸し風呂状態となっている。にもかかわらず、窓が閉め切られていて、話を切り出した清貫の額に多量の汗が滲み出ている。

経基王と鯨井三郎が親しく会話を交わしていたときに、清貫の頭の中には牛蒡のように黒く痩せた男の姿が浮かび上がっていた。その佐伯清輔が、源能有の使者として、かつて父保則のもとへと足を運んできていた。そして、そこから清貫が連想し始めたことは、父・源昇の遺志を受け継いでいるであろう源仕が、経基王たちと手を結んで再び親王国成立を目指そうとしているのではないか。重明親王のことを、主人に据えた親王国。その成立を目指そうとしているのではないか、ということであった。

しかし、それでは辻褄の合わないことが多すぎた。

経基王は、親しい廷臣たちを前にして、

「母方の縁により、藤原北家との親しい関係を望んでいるのだが、忠平様のほうは、どうも私のことを……」

と、嘆きの言葉を発することが多い様子なのである。

藤原北家に接近したいと強く願っている経基王の想いは、今も変わっていないはず。そうだとするならば、重明親王の親王国成立を、経基王が望むはずがない。皇位継承争いから重明親王を外す。そのことが忠平の狙いであるからである。

押し黙ったままの伯耆頼信を前にして、そのあと清貫が長々と喋り出した。

「佐伯清輔は、源能有様の死後、その娘に仕えるようになった。そして、その娘というのが経基王の実母《はは》であった。理由はわからぬが、とにかく経基王が、佐伯清輔の嵯峨野の家にまで足を運び、病に罹った姿を哀れに想い、若い女を里に連れて行った。右大臣の使者をつとめていたほどの男だから、おそらく口が堅かったはず。しかし、病に罹っていた佐伯清輔は、心身共に疲れ果てており、死ぬ間際になって、昔話を始めてしまった。経基王を面前《まえ》にして、かつて源昇が親王国成立を執拗に望んでいたことを……」

否定することもなく、肯定することもなく、伯耆頼信が押し黙ったままでいる。

清貫は自らを奮い立たせるようにして、その両頬をピシャリと手で叩いて、

「忠平様は、寛明親王の即位を望んでいる。だから忠平様にとって、重明親王は邪魔な存在である。経基王は、そのことをよく理解《わか》っている。そこで考えたはず。武蔵国の源仕が、父源昇の遺志を受け継いで、今も親王国成立を目指そうとしている。ならば当然、その親王国の主人は、源仕の妹が産んだ重明親王ということになろう。つまり、武蔵国に迎え入れた重明親王を主人に据

えた親王国。その成立を目指しているとの嫌疑を被せることによって、同時に源仕と重明親王を排除することができる。おそらく忠平様の面前において、経基王が、そうした謀事を提案したに違いない。だが、それでは納得のできないことが多すぎる。忠平様の力をもってすれば、重明親王を、容易《たやす》く排除できる。その方法は、いくらでもあろう。にもかかわらず、一度も都を離れたことがない重明親王を、無理矢理に武蔵国へ連れて行こうとしている。そのことを考えているうちに、ようやく絡みあっていた糸がすっとほどけていくのを感じることができた。重明親王を武蔵国に向かわせる。そのこと自体が、忠平様の真の狙いであったのだと……」

長い話が終わると同時に伯耆頼信の躰が柊《ひいらぎ》の葉に触れたようにピクリと動いた。

清貫が、その反応を見逃さなかった。

「皇族・皇親が、天皇を支える。それを信じている源仕が親王国成立を目指して行動を起こしたとしたならば、それを認めようとはしない朝廷が追討軍を派遣する。だが此度は、おそらく、そうはならない。理由は、忠平様が親王国成立に前向きな姿勢を示すからだ。それは何故か。重明親王を、皇位継承争いから外すことではない。忠平様には、別に、真の狙いがある」

再び清貫が、そこから堰を切ったようにして喋り出した。

「まずは、重明親王の親王国を成立させる。そして、そのあとに追討軍を派遣する。罪状は何でも良い。一旦成立させた親王国を、すぐに重明親王から取り上げてしまう。何故、そうするのか。近年、坂東には騒擾事件が相次いでいる。武蔵国においては、物部氏永《うじなが》の反乱や蹴馬《しゅうば》の党と呼ばれる群盗の出没が相次いでいる。その結果として、坂東各地には行き場を失った荒れくれ者たちが溢れ返っている。そのため追討軍を派遣したとしても、武蔵国内の治安は、容易に回復しない。そうした混乱状態が数年にわたって続けば、都の公卿廷臣たちからは、おそらくこんな声が上がり出す。派遣した追討軍を、武蔵国内に常駐させるべきである。もちろん、追討軍を率いている将軍には、忠平様の息のかかった人物が任命されている。その将軍を裏で操る忠平様の力が、必然と武蔵国内に浸透していくことになろう。そして、その先を見据えたときにものをいうのが、親王国成立という先例である。藤原北家の封国成立を、忠平様が望んだとしても、先例なしに、その実現は難しい。だが、重明親王の親王国成立という先例さえあれば、けして夢ではなくなる。だから忠平様が、重明親王の親王国成立に、前向きな姿勢をみせるのだ」

忠平の父・藤原基経は、陰湿にして偏屈な人物であったという。当然、藤原基経のことを煙たがる公卿廷臣たちの数は少なくなかったはずである。だが忠平は、そうした父のことを尊敬していた。

藤原北家の行く末に関わる重大事に直面したときにも、藤原基経は、けして強引な手法をもちいて問題解決をはかろうとしなかった。反対意見を主張してくる相手に対しては、その者が嫌がるほどの根気強さと粘り強さを発揮し、相手のほうが諦めざるを得ないという状況に追い込んでしまう。忠平は、父・藤原基経から、そうした手法を学んでいたはずである。

忠平の真の狙いは、武蔵国を藤原北家の封国にすること。清貫が、それを断言するのであった。

すでに汗だくの姿となっている伯耆頼信が、深呼吸のあと、居直るように口を押し開いた。

自身と鯨井三郎は、忠平に従っている。

秘事としていたことを、あっさりと告白してしまったのであった。

「陸沈寺の老僧と伊予、布目又三という男は？」

清貫が、語気を強くして尋ねると、

「あの三人は、経基王の配下」

「重明親王を裏切り、心が痛まぬのか」

「痛みます。ですが……」

「ん？」

「もはや、そうしたことにかかずらわっている場合ではないのです。今、都の貴人たちの多くが、受領《ずりょう》になりたいと願っています。受領になって私腹を肥やし、贅を尽くした暮らしをしたいと願っているのです。ですが、身分の卑しい我らに、それは叶いません」

その一言一言が、降り注ぐ矢となって、清貫の胸を深く抉《えぐ》っていた。

そして、清貫が窓際のほうに足を進めて締め切っていた窓を開け放とうとしたとき、伯耆頼信の足が出口のほうへ向かっていた。

蝸舎の戸が開いて、外に飛び出していった伯耆頼信の背中が、あっという間に清貫の視界から遠ざかっていった。

先程まで、伯耆頼信が腰を下ろしていた場所に景任の姿がある。

いま、清貫が為《な》すべきことは、重明親王に真相を明かし、藤原北家の封国成立を阻止することである。

だが、それを為そうとすれば、藤原南家にとっての痛手となる。おそらく忠平から敵視されて、藤原南家の家門《いえかど》を保つことが困難になろう。

だから此度は、忠平の謀事《はかりごと》を見過ごそう。

不正や悪事に手を染めていながらも、藤原北家は繁栄を続けている。哀しいかな、家門を保つということは、そういうことでもある。

しかし、繁栄を続けているのは、藤原北家とその周辺のみであり、この国自体は衰退の方向に向かっている。

世に不正や悪事がはびこり、国が衰えれば、やがては藤原北家も滅びることになる。

清貫にとって、それは言わずもがなのことであった。

◇

翌日、鹿足が、

「件《くだん》の書状を、清貫様が預かります」

と、伯耆頼信のもとに伝えた。

清貫が、直接、重明親王の手から書状を預かる。それが絶対条件であった。

予定していた時刻となり、重明親王邸に入ると、すぐに案内された場所が北の対の一室であった。

円座の上に腰を下ろすと、まもなく重明親王が姿を現わし、自らの定位置である畳の上に腰を下ろした。

清貫の口から、真っ先に、慰めの言葉と励ましの言葉が発せられた。菅原道真の怨霊に苦しめられていた。そのことへの最大限の気遣いと配慮であった。

「忝《かたじけな》い」

と、片手を軽く差し上げた重明親王が、

「早速だが、これを……」

と、自らの懐から書状を取り出した。

と……次の瞬間、開《あ》いた口を両手で塞ぐ男の姿があった。

清貫でなく、重明親王でもなかった。

北の対の一室の隅には、隠し部屋があり、その中に布目又三が身を隠していた。

昨日、左京四条邸から重明親王邸にもどった伯耆頼信は自室に入り、すぐに眠りに就いた。だから清貫との会話の内容を、誰にも口外していない。そのため皇位継承争いに巻き込まれた重明親王には、大きな禍が降りかかる。ならば、陸沈寺の老僧が勧めた通り、出家の道を選んだほうがよい。そのことに納得済みの清貫が、この場に姿を現わしている。布目又三は、そう判断していた。

ところが重明親王から手渡された書状を、そのままに突き返した清貫が、

「許しがたき策謀が、いま動き出しております」

と、小声を発したのであった。

重大事を打ち明けられたにもかかわらず、重明親王は、このとき何食わぬ顔をしていた。

ここ最近、命が危ぶまれるほどに体調を崩されている。伯耆頼信は、そう語っていたが、隠し部屋のなかの布目又三の両眼に映っている重明親王の姿は健康そのものであった。

(これは、どういうことか……?)

同じ想いを抱いていた清貫が、

「菅原道真の怨霊のことですが、実は、あれは……」

言い掛けたところを重明親王が、

「芝居は、もう終いにしよう!」

と、妙に明るい声を発した。

いったい、芝居とは、どういうことか。

すると重明親王が、清貫へ、

「残念ながら、都には、私のことを嫌っているお方がいる。だから病に臥せっていることにしたのだ」

「と、仰いますと？」

「菅原道真の怨霊を、まったく怖れていない。そのことがわかってしまうと、そのお方が、次の手立てを考えてくる。そうなってしまうと、私の身が持たなくなる。だから菅原道真の怨霊を怖れている。その振りをしていたのだ」

「では、すべてが芝居であったと……」

「その通り」

「この書状は？」

「今は、帝への拝謁が叶わぬ。だが、これを清貫殿に託せば、帝のもとへ届けてくれる。伯耆頼信が、そう申した。書状は、ただの見舞い状だ」

「ならば、芝居のことを、言い出しましたのは……」

「伯耆頼信からの、物言いに従い、病に罹った振りをして、誰にも会わずに寝所に籠もっていた。もう疲れた」

「そ、そうでしたか……」

清貫以上に、このとき強い衝撃を受けていたのが隠し部屋のなかの布目又三であった。伯耆頼信の裏切りを、経基王に報告しなければならない。その際には申し訳ございません。騙されましたでは済まされない。まずは裏切り者を捕らえる必要があるが、肝心の伯耆頼信の姿が消えていた。

どうやら、馬上に身を移して逃亡したらしい。亀甲文様の藍色の衣を身に纏った男が、白河の地から蹴上《けあげ》の急坂をのぼって山科方面へ駆け向かった。その知らせが届いていた。

布目又三と鯨井三郎も、山科の地を目指し、逢坂山を越えて琵琶湖に出た。夕暮れ時の湖岸の津には、まだ人々の賑わいがあった。湖北塩津から湖上を渡ってくる北陸道の物資、湖東朝妻《あさづま》から湖上を渡ってくる東国の物資を目当てに多くの人々が集まってきている。

津のなかを歩き出した二人の眼には、すぐさま放免《ほうめん》たちの姿が映し出された。放免とは、検非違使に仕える下部《しもべ》である。雷をかたどったた七曲《ななもじり》の鉾を片手に差し上げて、派手な柄の衣《ころも》袴を身に纏った放免たちが一人の若い男を取り囲んでいる。

検非違使の権威を笠に着た放免たちが、法外な舟賃を要求しているらしい。

若い男の顔が、河豚のように膨れあがっている。

「湖上を渡して津に荷揚げする料が二割。楫取《かんどり》と水夫《かこ》たちの料が二割。ここではそういう決まりだ」

「そんな決まりはない。そこを退け！」

放免たちの要求をはねつけた若い男が、舟に載せた筵《むしろ》や薦《こも》を荷車に積みにかかった。

するると、津頭らしき男が、その場に姿をあらわして、

「それをしたら金輪際、津への出入りは差し止めだ」

と、声に凄みをきかせた。

津頭と放免たちは、共謀《ぐる》の様子であった。往来している人々は誰一人として若い男を助けようとしない。

皆が深海に沈んだ魚貝のように、無言で、その場を通り過ぎていく。

「あの若い男は見せしめとして、琵琶湖の真ん中あたりで舟から突き落とされる。湖岸に泳ぎ着くことができればよいが、それができなければ死ぬことになる」

津の掟を厳守するためと称し、放免たちは時折、理不尽な行為に及ぶ。

布目又三の予想通り、舟に乗せられた若い男が喚き声を発しながら湖岸を離れていった直後であった。

「あっ……」

と、鯨井三郎の口から小声が漏れた。

舟小屋の傍らに、亀甲文様の藍色の衣を身に纏った男の姿を発見したからであった。

が、すぐに布目又三が、

「くそっ！」

と、地面を蹴りつけた。

力仕事に従事している男であろう。近づいていくと、伯耆頼信とは似ても似つかない男であった。

◇

伯耆頼信の裏切りを知らされた経基王が、険しい表情を浮かべている。

藤原北家でなく、天皇を支えるべきは、皇族・皇親である。そのことを信じる源昇が、かつて親王国成立を目指そうとしていた。

経基王は、その事実《こと》を、佐伯清輔の口から知った。

そうであるとしたならば、源昇の子息・源仕が、重明親王を武蔵国に迎え入れて、今も親王国成立を目指そうとしている。その疑いを被せて、二人を同時に葬り去る、絶好の機会になる。経基王は、すぐにそう考えた。

だが、その筋書きには、忠平が乗ってこなかった。忠平の頭の中には、そのときすでに藤原北家の封国成立があったのであろう。

歴史上、日本国には、一度として封国の成立がない。忠平の狙いが、そこにあることを知ったときから、

「武蔵国の封国主には、誰がなる」

経基王の関心は、そちらのほうへ移っていた。

忠平が、京の都を離れることはない。だとしたならば、封国主の有力候補は、忠平の息子の藤原実頼・師輔兄弟ということになる。

正直、経基王は京の都にいたとしても、さほどの出世が望めない。ところが武蔵国に移り住んで封国主の側近になることが出来たとしたならばどうであろう。時が流れて藤原実頼・師輔兄弟のどちらかが、藤原北家の当主となったあかつきには、経基王の頭上にも過分な幸運が舞い降りてくるかもしれない。

跪いて、詫びをいれてきた布目又三と鯨井三郎の二人を前にして、経基王は、

「清貫様には、やはり……」

と呟き、反りのある鳥居のように口角を持ち上げてみせたのであった。

左京四条邸は、東・西・北・東北・西北の対屋《たいのや》が廊下によって繋がっている。

布目又三と鯨井三郎は、高い築地塀を乗り越えて左京四条邸に侵入した。そして西北の対を目指した。敷地内西北隅の蝸舎の中において、清貫が独りきりになることがある。事前の下調べを済ましていた二人が、辛抱強く、その場所に留まり続けたのであった。

日が中天に達して二時《ふたとき》あまりが経過した時であった。猛禽類のように鋭い光を放った二人の両眼が清貫の背中を捉えていた。

千載一遇の好機を逃すまいと床下を飛び出した二人であるが、その足を、すぐに止めた。蝸舎の中に、弓矢を手にした男の姿を目撃したからであった。

ビンと短音が響《とよ》んだ直後、雪白の三立羽が飛来し、身を投げ出してそれを躱《かわ》した二人の顔面《おもて》に驚愕の色が滲んだ。

矢を放ってきたのが伯耆頼信であった。そして、その伯耆頼信が片手に掴み取っていた鉦《かね》を打ち鳴らし出し、危急を知った解部景任・友任父子がその場に駆け現われて、対峙する間もなく、四人による戦闘が開始されたのであった。

「やあっ！」

と、突進してきた解部景任が、地面すれすれに太刀を横に払った。

それを躱した布目又三の躰が、一尺以上も地面から跳ね上がった。

そして無惨な人の死を予感させる鋭利な刃物が両足を地面に着地させた布目又三の背中を襲った。

が、次の瞬間、慌ててその場を飛び退いたのは、背後からの攻撃を仕掛けていた解部友任のほうであった。

その動作があと少し遅れていたとしたならば、解部友任の背中が鋭い白刃に切り裂かれていたことだろう。

「ふう……」

と冷や汗を拭った解部友任の背後に必死の形相が迫っていた。

怪鳥のような奇声を発した鯨井三郎の形相であり、二人が凄まじい斬り合いを始めたのであった。

一方、解部景任への反撃を諦めた布目又三が木々の緑の広がる庭園のほうへ駆け出していた。

異変を察知して警固兵たちが集まり出しており、それに気づいたらしい鯨井三郎のほうも戦うことを止めて、高い築地塀を乗り越えていった。

「急げ！」

「賊が外に出た！」

と、二人の追尾のために警固兵たちが南門を飛び出していった。

が、その警固兵たちが足を止めて地団駄を踏んだ。

賀茂社の駒競《こまくら》べのようにして、彼等の目の前を、三頭の馬が勢い良く駆け抜けていったからであった。

邸外に控えていた伊予が、いざという場合に備えて、事前に馬を用意していたのである。

鴨川近くに古い邸宅がある。

緊急避難場所である、其処《そこ》へと三頭の馬が吸い込まれていき、布目又三と鯨井三郎が井戸のほうに駆け向かい汲み上げた井戸水を浴びるようにして飲み出した。

顔と手足を入念に洗った二人の口からは、深い溜息がもれていた。

伯耆頼信が、どうして蝸舎の中に潜んでいたのか。それさえなければ清貫暗殺に失敗《しくじ》ることはなかった。

「腑に落ちないことだ……」

と、伊予にしても、同じ想いを抱いていた。

重明親王を、武蔵国へと送り込み、親王国を成立させる。その先例を利用して、藤原北家の封国を成立させる。

その企ての仲間に加わったはずの伯耆頼信の口からは、積極的に、

「重明親王は、以前より、怨霊を嫌い、ひどく怖れています……」

との発言があった。

そのため伊予が、菅原道真の怨霊に扮していた。

が、どうやら伯耆頼信による、謀事《はかりごと》であったらしい。

重明親王が、菅原道真の怨霊を怖れて、体調を崩されている。その演技に、皆が騙されていたというわけである。

だとしたならば、初めから重明親王は、武蔵国に向かうという意志がなかったということになる。

それを考え出すと……。

醍醐天皇への書状を、自ら重明親王が認めて、それを清貫に託す。

伯耆頼信は、どうして、そのような面倒なことを考えたのであろうか。

と……。

思案に耽り出している伊予の背後に、いつのまにやら僧衣の男がにじり寄っていた。

陸沈寺の老僧の配下であるその男は、伊予の下知に従い、左京四条邸の監視を続けていた。

その男が、伊予の耳元に口を近づけていき、

「伯耆頼信が、清貫様を拉致《さら》って、左京四条邸を抜け出しました」

と、告げた。

いま、洛内を離れて、二人が鳥羽方面に向かっているという。

伊予は、その報告を耳にすると、再びの思案に耽り出し、しばらくしてから、

「なるほど……」

と、呟いた。

清貫を拉致《さら》うために、伯耆頼信は、蝸舎のなかに身を隠していたのだろう。

誰の目にも触れず、清貫を拉致《さら》い、邸外に連れ出す。それを為すために、布目又三たちの引き起こした混乱を利用していたのに違いない。

それにしても、どうして伯耆頼信は、清貫を拉致ったのであろうか。

予想だにしていなかった事態に対応しきれていない布目又三と鯨井三郎の二人を無視し、伊予が再び馬上に身を移した。

◇

清貫が目を覚ますと、ゴツゴツとした肉厚な手が濡れた白い布を差し出してきた。

納戸のような薄暗い部屋である。

警戒しながら、周囲に視線を流すと、伯耆頼信が独り言のようにして語り出した。

どうやら、二十九年前のことらしい。

昌泰四年（九〇一）、醍醐天皇を廃して、皇弟・斉世《ときよ》親王の新帝擁立を謀っていた。

その罪状により、菅原道真が太宰府左遷となった。

馬食を許されず、太宰府への道中は相当に過酷なものであったらしい。それから太宰府政庁の南方にあった配所には、長年人が住まず、井戸に砂が溜まり、垣根に穴が空いていたという。

都を離れてから二年後、菅原道真は、その場所において五十九歳にして没している。

太宰府左遷となってから半年後、清貫は、宇佐奉幣使として九州の地に赴いている。

その際、太宰府に立ち寄って菅原道真との対面に臨んでいる。そして、菅原道真から直《じか》に聴取した内容を報告している。もちろん、朝廷にである。

醍醐天皇を廃して、皇弟・斉世親王の新帝擁立を謀っていた。そのことについて菅原道真自身が、「自ら謀ったことではない」と語っていた。

また太宰府官人たちによれば、太宰府への左遷について、菅原道真が、「大人しく従う姿勢を見せている」との報告内容であった。

清貫は、二十九年前、久しぶりに再会を果たした伯耆頼信を前にして、こんなことを語っている。

「道真様は、詩人として生きたかった。ただ、それだけであったろう」

詩人というものは、「己一人の心」を詩に表現する。

ただし、己一人の心とは、また、「一国の意《こころ》」でもあった。

「己一人の心」を、「一国の意《こころ》」となして、詩人は詩を詠むのである。

そして詩人の詠んだ詩により、君主は世の有様を知って、身分や立場に左右されない議論を交わして政治《まつりごと》を正していく。

儒林の家に生まれた菅原道真は、詩人として天皇に仕える。そのことを何よりの誇りとしていたのであった。

清貫は、二十九年前、伯耆頼信を前にして、さらに続けて、

「今の朝廷は、誤った道に進もうとしている」

と、語っている。

天皇の徳を、天下万民にひろげて、王土に礼の秩序をつくり上げる。身分の上下があったとしても、人々の習俗や理に異なるところがあったとしても、その溝を埋めようとする努力を続けて、人々の従うべき礼と理に支えられた世の中をつくり上げていく。

だが、当時の朝廷は、そうした清貫の理想とはかけ離れた方向へ進もうとしていた。

当時、清貫は憤りを隠そうともせずに、伯耆頼信に向かって、

「藤原北家にしても、天下万民の安寧を口にはする。しかし、それは本音ではない。だから、このままいけば、百年先も千年先も天下万民の安寧が叶うことはないであろう。しかし、道真様がそうであったように、その願いを諦めたくないと想い続ける人々が、この世から消え去るということはない……」

二十九年前に自ら発した言葉を脳裏の片隅に蘇らせた清貫は、自身の奥深いところに渺《びょう》として眠っていたものが蠢《うごめ》き出すのを感じていた。

戸籍・計帳をつくり、日本の隅々までの人民を統治する。その律令精神をあきらめた朝廷が、受領《ずりょう》たちに強大な権限を与えて、地方政治を委ねることにした。すると出世と蓄財に執着した受領たちが不正の徴税を繰り返すようになった。諸国の民にとっての更なる不幸は、都に莫大な利益をもたらす受領たちのことを放置した朝廷が、彼等のことを罰しようとしなかったことである。

不正を続ける受領たちは、諸国の民を馬や牛のようにこき使い、民が逆らえば棒で撲りつけた。泣き叫んで怒りを露わにした民がものの道理を訴えかけたとしても、理不尽な暴力を返されるのみであった。そのため穏やかであった民が人を殺す鬼のように凄まじい面貌《つら》を見せるようになった。また、その一方においては受領たちの面前において諂《へつら》い、追従し、腹を抱えて哄笑《わら》い出す始末であった。

「重明親王を、武蔵国にお連れする。そのことに手を貸さないのであれば容赦しない。そう脅さ

れていたのです。それで一度は、忠平様に従うことに致しました。だが、私は鯨井三郎と違い、忠平様のことを信用する気にはなれませんでした。そこで考えたのです。菅原道真の怨霊に苦しむ重明親王が、都を離れるにあたって、醍醐天皇へ書状を認める。その書状を託すことを口実にして、清貫様に近づき、昔と変わられていないお姿であるかどうか、そのことを確かめてみようと、それを思い立ったのです」

ゆっくりと腰をもちあげた伯耆頼信の背中越しに一筋の光が差し込んできていた。

開放された戸の隙間に、寂れた寺の風景があった。

往時には、それなりの繁栄があったのであろう。それを想起させてくれるだけの大きな建造物が眼前に立っている。

金堂一宇と五重塔一基が消失してしまっているが、この寺には、かつて巨大な金堂二宇と東西二基の五重塔が立っていた。

消失した五重塔の跡には、今も黒く焼け焦げた柱が散らばっている。

伯耆頼信が、そちらのほうへ視線を投げてから、

「五重塔が焼失したのは、二年前の落雷によってです」

と、言った。

その発言により、清貫の頭の中に、一つの寺の名称が思い浮かんだ。天皇家・藤原氏と深く関わる東大寺や興福寺といった大寺社には、今も公卿廷臣たちが足繁く通い続けている。しかし、

この西大寺に足を運ぶ公卿廷臣たちの姿は滅多に見られない。二年前の落雷によって五重塔一基が消失した寺。それは平城宮跡の西大寺であった。

(どうして、私を、この寺に……?)

清貫が訝《いぶか》しく思い始めていたところに、

「王を奴となすとも、奴を王というとも、汝《いまし》のせむままに……」

と、伯耆頼信がいった。

天平宝字八年(七六四)、孝謙上皇と藤原仲麻呂が激しく対立した。その結果、合戦に敗れた藤原仲麻呂によって擁立されていた淳仁天皇が廃帝となり、孝謙上皇が重祚して称徳天皇となった。

王を奴となす……との台詞は、聖武天皇が娘・孝謙上皇におくった言葉とされている。

淳仁天皇の廃帝を決定した称徳女帝が、まさしく王を奴となしたのであった。

晩年の称徳女帝は、政争と陰謀に奔走していた藤原氏中心の政治に絶望感を抱いていた。そのことによって引き起こされたのが、宇佐八幡宮神託事件であったかもしれない。

八幡神からの神託を強く信じた称徳女帝が、道鏡という一介の僧に天皇位を譲ろうとした事件であった。

が、しかし、道鏡が皇位に就くことはなかった。女帝の命をうけて宇佐八幡宮に足を運んだ和気清麻呂という男が、帰洛後、八幡神からの真の神託が、

「天皇位には、必ず、天皇の血をひいている者を立てよ」

そのように報告したからであった。

和気清麻呂の裏切りによって、道鏡を皇位に就けることに失敗した称徳女帝は、その翌年に崩御する。女帝という最大の後ろ楯を失った道鏡も失脚して下野国薬師寺に流された。

藤原氏中心の政治に終止符を打たなくてはならない。そして、この国を、よい方向へ導いていく。そのためには王法に加えて、仏法の力が必要である。それを強く信じた称徳女帝の発願によって建立されたのが西大寺であった。

「かつてであれば、優秀な文人や武官が地下《じげ》の身分から高位高官に昇ることが稀にはありました。しかし己が生涯かけて昇ることのできる位階官職の限界が生まれた瞬間にわかってしまう。身分や家格が固定されて、まったく動かなくなるという、そういう時代の到来が近い将来に予想されております。そうなってしまえば、個人《ひと》の能力や技芸の優劣などは、どうでもよくなることでしょう。官職や家職を得たこと自体が尊いものに感じられてきて、やがて人ではなく、誰もが位階や官職に服従するようになる。坂東においては強欲な受領たちが悪事をはたらき続けたとしても、彼等の言動がすべて正しいということになってしまう。本当に生きづらい世の中が、もう、すぐ近くにまで迫ってきているのです」

称徳女帝が、一介の僧に過ぎなかった道鏡を皇位に就けようとしていた。そして今は諸国の民が、身分や血筋にこだわらず、この国を良い方向へと導いてくれる主人の登場を待ち続けている。

伯耆頼信が、清貫のほうに、真剣な眼差しを向けて、

「自立という萌芽の兆しが、今、坂東の地にはあります」

そのように声を大きくしたのであった。

以前に鹿足が伊予と布目又三の会話を盗み聞いている。それは唐が二十三年前に滅んだあとに幾つか新しい国が誕生している。我が国においても新しい国が誕生してもよい時期にきており、重明親王を、いまこそ武蔵国に迎え入れるべきである。そのとき布目又三が口にしていた新しい国とは、藤原北家の封国成立だったのであろう。だが伯耆頼信にとっての、新しい国とは、坂東における自立した国であったらしい。

清貫は、長い溜息を漏らし、

（まったく、途方もない夢だ……）

と、胸の内に独りごちた。

重明親王邸の警固を担っているだけの男が、坂東に自立した国を誕生させたいと願っている。

さすがに意地悪い感情が胸中にもたげてきて、清貫は伯耆頼信へ、

「その願いを叶えるためには強力な武力が必要となろう。海を渡った大陸においては、戦いに勝つことによって、新しい国が誕生している」

「我らには、その武力がないと……」

「あるとは思えぬ」

「受領たちの支配に、いま、最も憤りを感じているのは誰でしょう」

「ん……どういうことだ?」

「ご存じの通り、昔、地方を支配していたのは郡司たちでした。徴税や検断といった実務を郡司たちが担い、国司たちはそれを監督するだけの役割でした。当然、地方においては郡司たちの力が優勢となり、その現状を改善したいと願い出していた朝廷が、あからさまに郡司たちの力を削ぐ政策を打ち出すようになりました。そうした政策が功を奏して郡司たちの力が衰えていくと、当然、国司たちの力が増しました。ところが良吏としての責任《つとめ》を果たそうという気概と自覚に欠けていた国司たちの政治《まつりごと》は失敗に終わり、徴税困難な状況が加速し、混乱した諸国においては不正行為と乱暴行為が多発するようになりました。その結果として、受領たちへの権限委譲が始まり、諸国の民がさらなる苦しみを味わうことになりました。その受領たちの支配に、いま、最も憤りを感じているのは誰でしょう」

身を乗り出してきた伯耆頼信を前にして、このとき清貫の頭の中には一人の人物の名が浮かんできていた。

繰り返しになるが、天平宝字八年(七六四)、孝謙上皇と藤原仲麻呂が激しく対立した。合戦に敗北した藤原仲麻呂には藤原豊成《とよなり》という兄がいた。

藤原仲麻呂の敗死後、その豊成が、藤原南家の嫡流を継ぐことになる。

豊成から数えて五世の子孫が、藤原清貫である。

それはさておき……藤原仲麻呂の乱鎮圧には、坂東からの武夫《つわもの》たちが多く参加していた。

その中に、丈部不破麻呂《はせつかべふわまろ》という人物がいて、軍功を挙げた不破麻呂には、朝廷から武蔵宿禰《すくね》の賜姓があった。

これが始まりとなって、武蔵家が武蔵国随一の名門郡司に成長していく。

嵯峨源氏の源仕に加えて、足立郡司・武蔵武芝《むさしたけしば》が、坂東の自立を目指そうとしている。

そうであると言わんばかりに、伯耆頼信の眼から強い光が放たれてくる。

もしも、それが事実であるとしたならば、武蔵一国を獲ることは夢でなくなる。

二人に対抗できる武力が、武蔵国内に存在しない。

が、しかし、それでも清貫の頭の中には、やはりそれだけではとの想いのほうが強かった。

坂東の地には、多くの有力者たちが進出を果たしている。

常陸国・上総国・下総国の広大な地域には、桓武平氏の一族が盤踞している。

桓武平氏の一族と縁戚を結んだ源護《まもる》の一族は、常陸国内に勢力を拡大している。

坂東の地に進出を果たした有力者たちの多くは、受領たちと手を結ぶことにより、自領の支配を強化しようとしている。

武蔵国内に異変が生ずれば、朝廷からの命を受けた彼等が、必ず軍兵を出動させる。

すると伯耆頼信が、清貫のほうに忙しく膝を進めて、

「蝦夷の大乱を終息させた保則様のことを、いまだに神仏のごとく崇め奉っている者たちが、坂

東北部に少なくないのです」

と、言い出した。

元慶二年（八七八）の春、出羽国において、過去最大の蝦夷の反乱が勃発した。秋田城司たちの苛政に怨みを募らせた出羽国住人たちの怒りが爆発したかたちであった。

またもや繰り返しになるが、藤原保則が出羽権守として現地に赴任し、懐柔策をもちいて、蝦夷の大乱を終息に導いた。その藤原保則のことを支えて、当時の朝廷軍主力を担い続けていたのが、上野国と下野国からの派遣兵であった。

伯耆頼信曰く、坂東入りを決断した清貫のもとには、必ず藤原保則と共に大乱を乗り切ったものの末裔たちがこぞって集まってくる。坂東北部に、そうした状況が生じることになれば、あとは傾《なだ》れをうって反乱勢力が拡大していく。受領たちに反発して抵抗活動を続けている武夫《つわもの》と富豪たちに加えて、東国各地に移住させられている俘囚《ふしゅう》と呼ばれるものたちが一斉蜂起する。燎原の火のごとく、東国全体に反乱勢力が拡大していくというのであった。

「保則様の血をひく清貫様のお力が、どうしても必要なのです。だから清貫様のことを巻き込んだのです。この好機を逃すまい。私は、そう決意しているのです」

伯耆頼信の全身から放出されてくる熱量に、老いた肌が火照ってくるようであった。

そして次の瞬間、清貫の躰が、ぶるっと慄えた。

殺気なのか。それとも……。

血を滾《たぎ》らせて、義憤に満ちた表情を浮かべた伯耆頼信が、清貫へ、

「都の貴人たちからは濁った匂いがする。それが常でしょう。しかし清貫様は違った」

「私は、藤原南家の家門を誇りとしている。何も変わりはせぬ。他の貴人たちと……」

「いや、違っています」

「そなただけだ。私に対して、そう感じているのは」

「はたして、そうでしょうか？」

「ああ。まちがいない」

「ですが清貫様からは、本当に……」

さらに発言を続けようとしていた伯耆頼信の躰が大きく爆《は》ぜた。

大蛇や百足《むかで》のようにして、足音を立てず、西大寺の境内に僧衣の集団が集まり出していたからであった。

伊予によって統率されている、僧衣の集団。陸沈寺の僧兵たちであった。

そのあと……。

ガシッ、ドシッと躰をぶつけ合い、左右から襲い掛かってくる僧兵たちを大声で威嚇し、無我夢中で戦い出していた伯耆頼信へ、

「頼信。うしろだ！」

そう叫んだのみで、清貫は何をしてやることもできなかった。

あとのことは、あまりよく覚えていない。

長い黒髪の女が、力尽きて、地面に突っ伏した伯耆頼信の背中をじっと見つめていた。

やがて、その女が凍り付くような笑みを浮かべて、ゆっくりと、清貫のほうへと歩みを進めてきた。

◇

なまぬるい風が吹き込むと同時に、几帳の生絹《すずし》がふわりと揺れた。

左京北部、小一条第の上空が黒い雲に覆われている。

藤原北家にとって、最も偉大な功績を遺されたのが「昭宣公《しょうせんこう》」であると、清貫の物言いによって、忠平の顔が緩《ゆる》み出している。

昭宣公とは、忠平の実父・藤原基経のことである。

清和天皇の譲位後、陽成天皇が、九歳にして即位された。本来幼帝に代わって執政を担うべきは清和上皇であったが、譲位の際、清和天皇は太上天皇の称号を放棄してしまった。

このことによって、幼帝に代わって執政を担うべき人物を決定する必要に迫られた。

筆頭候補は、右大臣・藤原基経であったが、一つ問題があった。

というのは、この時代には、まだ摂政職が制度化されていなかったのである。

かつて清和天皇が成人となられて内裏に入られることになった際、すでに内裏の中に入って天下の政治《まつりごと》を取り仕切っていた藤原良房の立場を明確にする必要があった。

藤原良房の、太政大臣としての職掌を、このとき臨時に「天下の政治《まつりごと》を摂り行え」として、天皇大権を代行する根拠としたのであった。

藤原良房のときと同様に、清和天皇としては、右大臣・藤原基経を太政大臣に昇進させたうえで、天下の政治《まつりごと》を摂り行えとしたかったはずである。

天下の政治を摂り行うのに、右大臣の地位では不足がある。清和天皇は、そのように考えていたはずである。

だが結局、藤原基経は、右大臣の地位のままに摂政職に就任した。

「忠仁公《ちゆうじんこう》（藤原良房）が朕を補佐したように、幼主の政治を摂行せよ」

と、清和天皇が詔勅を発したからであった。

臨時に際しての、太政大臣に付与された職掌ではない。藤原良房が天下の政治《まつりごと》を摂り行っていたことを先例として、藤原良房の後継者である藤原基経に摂政職が授けられたのであった。

藤原基経の偉大な功績は、それだけに留まらない。

清和上皇の崩御から二年後、陽成天皇が元服を果たされた。

その際、藤原基経が、摂政職辞任を願い出る。

忠仁公が朕を補佐したように、幼主の政治を摂行せよ。摂政職の役割は幼帝を支えることであり、成人天皇に、それは不要である。

清和天皇の詔勅に、藤原基経が従ったというわけである。

ちなみに、清和上皇崩御と同時に、藤原基経が太政大臣に就任している。

成人天皇として執政を担うことが可能となった陽成天皇が内裏にいて、天皇を支える役目の左右大臣が太政官にいる。このとき太政大臣の職掌はどうなる。

陽成天皇退位後の、光孝天皇の時代に、それが明らかとなる。

藤原基経が内覧権を獲得し、光孝天皇との共同統治体制を布くのである。

幼帝に代わって天下の政治《まつりごと》を取り仕切る摂政職。そして成人天皇との共同統治体制を布く内覧権。一代にして藤原基経は、この二つの権限を獲得したのであった。

「藤氏は天皇家に服従する。その時代が終わり、いまでは藤原北家が天下の政治《まつりごと》をとり仕切っています。この功績を一代にして成し遂げた。それが昭宣公。世辞でなく、私は本気でそう思っております」

もはや喜びを隠そうともせず、忠平が満面の笑みを湛えている。

武蔵国を、藤原北家の封国とする。忠平が、そのことを成就させたあかつきには、偉大な昭宣公を超えたと、大いなる賞賛を浴びる予定であった。しかし、さすがに無理があったようだと素直にそれを認めた忠平が、今後は摂政職就任に全力を注いでいくことを宣言した。

というのも、藤原基経が没したあと、天皇家からの巻き返しが起こっていた。

寛平九年（八九七）、宇多天皇が譲位して、醍醐天皇が即位した。元服済みとはいえ、まだ十三歳の新帝であった。

本来、譲位する天皇は内裏を出て、別宮に移り、その場所に皇太子を迎えて譲位式を挙行する。

だが、宇多天皇は清涼殿から紫宸殿に移って譲位式を挙げて、儀式終了後も、内裏・弘徽《こき》殿に留まった。

宮廷を支配するのは、譲位後も、

「朕《わたし》である」

と、宣言しているようなものであった。

そのため摂政職の支えも内覧権を獲得した者の支えも、新帝・醍醐には不要である。

公卿廷臣たちは、当然、そうなると看《み》ていた。

ところが、宇多天皇の譲位の詔により、藤原時平と菅原道真に内覧権が授けられた。

繰り返すが、内覧権を獲得したときの藤原基経の官職は、太政大臣であった。

さて……藤原時平と菅原道真の官職はどうであったか？

内覧権を獲得したときの二人の官職は、大納言と権大納言であった。

つまり宇多天皇の譲位の詔によって、二人に授けられた内覧権は、天皇との共同統治体制を布くというものではなかったのであろう。

内覧権を獲得したものが天皇との共同統治体制を布く。宇多天皇としては、その先例を、藤原基経一代限りのことにしたかったのであろう。

「昭宣公の偉大な功績を、宇多天皇に、あっさりと覆されてしまった。残念ではあったが、そのことはもはや仕方がない。だが、摂政職だけは……」

その言葉通り、この三ヶ月後、醍醐天皇が崩御し、八歳の寛明親王（朱雀天皇）が即位し、藤原忠平に摂政職が授けられた。

貞観の忠仁公、元慶の昭宣公にならって、藤原忠平が幼帝に代わり天下の政治を取り仕切ることになったのであった。

藤原北家の更なる躍進を予感させる歴史的な出来事であった。

「一つ、大事な、お願いがあります」

背筋を伸ばした清貫が、忠平へ、

「是非、摂政職となられたあかつきには、天下万民の安寧のために、その力を使って頂きたい」

しかし、忠平の首は横に振られた。

「それは無理なこと……」

と、いう。

なぜ、無理であるのか。

苦笑した忠平が、清貫へ、

「天下万民の安寧を願うことは、大変に危ういことだ」

「危ういことでしょうか？」

「到底、人の力で為せることではない。もはやそれは、神の領域の話であり、そうしたことに人が手を出せば、必ず無理が生じる。無理が生ずれば、国が乱れて民が苦しむ。天下万民の安寧などよりも、清貫殿は、藤原南家の安寧を願うべきだ。そして、この忠平に忠誠を誓うべきだ」

「しかし、私は……」

「面従腹背で、構わぬ」

「そうは参りませぬ」

「どうしてじゃ？」

「時を経るうちに、権力《ちから》に屈してしまい、手なずけられてしまう。齢《よわい》六十を過ぎており、もはや変わりたくないのです。私は、そういう性分なのです」

「そうか……どうしてもか」

「はい」

「それは、まことに残念じゃ……」

延長八年（九三〇）六月二十六日、愛宕山から流れてきた黒雲が都の上空を覆い尽くし、内裏・清涼殿に落雷があって、数人の死傷者が出た。

その死傷者の中に、大納言・藤原清貫の名があった。

藤原清貫の衣は焼けて、胸が大きく裂けていたという。

ちなみに、天慶《てんぎょう》の乱……。

つまりは、坂東の地における平将門の挙兵が、藤原清貫の死から九年後のことであった。

合戦に勝利して破竹の勢いをみせた平将門が、新皇を称する。

そのとき平将門のことを天位につけようと託宣を下したものが、八幡大菩薩の使いの一娼妓であったという。

それから平将門を天位につけるとの文書作成を担っていたものが菅原道真の霊魂であったという。

陰謀

延長八年（九三〇）某月、公卿議定の席にて、ある案件が議題にのぼっていた。

年中行事の一つに駒牽《こまひき》がある。天皇が皇族・公卿・官人たちに馬を下賜分配する儀式であり、毎年二百疋以上の馬が勅旨牧から都に貢上される。

が、その貢馬不足が深刻な問題となっていた。そのため勅旨牧を追加することが検討され始めて、後日、その有力候補として上がってきたのが、

「武蔵国小野牧」

であった。

ただし、武蔵国小野牧（八王子・日野市周辺等）を勅旨牧に指定するには相当な困難が予想されていた。武蔵国小野牧は大の馬好きで知られている陽成上皇の私牧であり、陽成上皇側からの猛烈な反発が予想されていたのだ。

「この件を、誰に任せる」

左大臣・藤原忠平から直接の指名を受けたのが藤原忠舒《ただのぶ》であった。藤原式家を出自としている藤沢忠舒は、今、陽成上皇からの信頼が最も篤い男だった。

「忠舒殿の望みは？」

小一条第に招かれた藤原忠舒は、六十を過ぎた老け顔に笑みを湛えている藤原忠平からそう訊かれて、

「ならば、まずは両税法のことから……」

と、話を切り出した。

藤原忠舒は文武両道の優秀な男であった。ただし、自信過剰なところがあり、同僚たちからは敬遠されがちであった。年齢《とし》は四十がらみである。

ところで両税法とは、日本でなく、唐の税制法であった。

かつて安禄山《あんろくざん》が、二十万の軍勢を擁して決起した安史の乱。その大乱によって唐国内が大混乱に陥り、耕作地から逃亡する農民が相次いでいた。そのため唐は、徴税強化の策をとり、課税対象を人から土地に転換した。その成立が七百八十年のことであるから、延長八年から百五十年前のことになる。

ちなみに、日本においても、人から土地に課税対象が転換されて三十余年が経過している。唐と同様、長年徴税に苦しみ続けていた朝廷は、逃亡と戸籍偽装を繰り返す班田農民から積極的な

土地経営に乗り出している富豪等を相手に彼等の保有する耕作地から一定量の税を確保する動きに出ていた。

「安氏の乱後、唐の広大な領土は地方勢力の支配下となり、唐朝廷は、都周辺のごく一部を直轄するだけとなりました。第十一代皇帝・憲宗が、両税法による増収によって禁軍を強化し、衰退の止まらなくなっていた唐朝廷の威勢を回復させたのです」

身分も年齢《とし》も、ずいぶんと下にあたる男から唐国についての説明を受けるはめになり、藤原忠平の顔が強張ってきている。

それでも気持ちを入れ直した藤原忠平が、

「さすがに忠舒殿。よく学ばれておられる」

と言い、再び老け顔に笑みを湛えてみせた。

案の定、陽成上皇が武蔵国小野牧の勅旨牧指定に反対の意向を示されている。まずは藤原忠舒のことを味方につけて、極力波風を立てず、陽成上皇からの内諾を得たあとに武蔵国小野牧を勅旨牧に指定する。藤原忠平は、そうした考えであったらしい。

それからも熱のこもった物言いを続けていた忠舒が、さらに忠平へ、

「群盗と海賊の出没が相次いでおり、諸国の受領たちが大変に困っております。両税法が成立した頃の唐と同じように、我が国においても、あらゆる手立てを講じて朝廷の威信回復に努めるべきです」

「ならば唐国のように、わが国においても諸国の軍兵を禁軍のもとに集めて強化する。そうするべきだと申すか」

「天皇から節刀を授かった将軍が、軍兵を率いて反乱勢力を鎮圧する。いま受領たちは、そうしたことを望んでいるのです。忠平様とて、それをよくご存じのはず」

都の派遣している受領たちと、諸国住人たちとの間には、深刻な溝が生じ出している。賊の襲撃を受けて命を落とす官人たちが日々絶えないのである。

「なるほど……」

と、小さく頷いてみせた忠平が、

（そういうことであったか……）

と、胸の内に独りごちた。

どうやら忠舒は、天皇直属の軍隊、つまり禁軍創設に期待しているらしい。

おそらく、そこでの将軍職が望みなのであろう。

藤原式家の始祖・藤原宇合《うまかい》は、長屋王の変の際、軍兵を率いて長屋王邸を取り囲んでいる。また藤原蔵下麻呂《くらじまろ》は、盗賊将軍として、藤原仲麻呂の乱鎮圧に功を挙げている。

藤原式家には、今もなお、武門としての伝統が色濃く残っている。

だが、たとえそうであったとしても、

「良い鉄は釘にされず、立派な人間は兵にならない」

中国においては、そのように表現されることがある。

かつて桓武天皇が、自らの立太子に尽力してくれた式家・藤原百川《ももかわ》の功績に感謝して、神泉苑の宴の席にて、百川の息・藤原緒嗣《おつぐ》に対して、

「緒嗣の父がいなければ、予が帝位に就くことはなかった」

と、仰せになっている。

その後、藤原緒嗣は左大臣に出世し、その緒嗣の曾孫にあたるのが忠舒である。

藤原北家こそが、

「藤氏嫡流である」

忠平にその自負があるように、光仁・桓武朝の成立に最も貢献していたのが、

「藤原式家」

と、忠舒には、その自負があるはずであった。

にもかかわらず、文官の道での出世を諦めて、忠舒が武官の道に進むことを望んでいる。

忠平の胸中には、このとき何とも言い表わせない複雑な想いが込み上げてきていた。

◇

「庸猥《ようわい》とは？」

忠舒が、それを知らなくて当然であったろう。

四十六年前、忠舒が、まだ生まれる以前の話である。

元慶八年（八八四）に陽成天皇が十七歳にして退位された。そのとき武芸・馬術に優れて天皇に近侍していた者たちが、

「庸猥の群少」

と、当時の太政大臣・藤原基経から、そのように誹謗されて追放処分となっている。

庸はおろか、猥はみだら、おそらく、そういう意味であろう。

詳細は不明だが、追放処分となったものたちは、藤原北家を怨んで諸国を彷徨《さまよ》い続けている。主人の失脚により、その家に仕えていたものたちが流罪・追放処分となる。この時代には珍しいことではなかった。

いま、藤原忠舒の姿が、源清蔭《きよかげ》邸にある。

十七歳にして退位された陽成上皇は、すでに六十三歳になられているが、いまだに競馬観戦や乗馬等を日々の楽しみとされている。気性が荒く、一癖あって、扱いにくい。陽成上皇からの信頼を勝ち得ているとはいえ、細心の注意を払って、藤原忠舒は小野牧の一件に関わっていく必要があった。

陽成上皇の長子である源清蔭は参議の任にある。親子関係は良好らしく、まずは外堀を埋めることから始めようと、源清蔭邸に乗り込んでいるのであった。

ところがである……。

忠舒を前にしての源清蔭からの最初の一声が、

「小野牧の一件には、一切関わりたくない」

であった。

要領を得ない忠舒が、事情を尋ねてみたところ、今、武蔵国小野牧の牧長・牧子《ぼくし》たちのことを押し退けて、火内甚八《ひうちじんぱち》という男が馬牧を取り仕切っているらしい。

庸猥の末裔を称している火内甚八は、武蔵国小野牧の牧長や牧子たちに向かって、自身の祖父が陽成天皇に近侍していたことを吹聴しているという。

小野牧の牧長や牧子たちは、そのため火内甚八のことを、

「上皇様の竜顔《かお》を、拝んだことがあるらしい」

「本当か……信じられぬ」

「いや……わからんぞ」

「お偉い方の、血筋かもしれん」

かつて陽成天皇は、禁中の閑処において馬を飼っていたという。それに加えて都近辺に隠し牧を有していたらしい。そこには様々な人々が出入りを繰り返しており、そうした者たちのなかの一人が、火内甚八の祖父であったのかもしれない。

源清蔭曰く、武蔵国小野牧において火内甚八が、

「好き勝手放題。私腹を肥やしているらしい」

と、いうのであった。

この時代、馬は貴重品であった。諸国の馬牧においては二歳になった仔馬の左腿の上に焼き印を押して、毛色や歯の特徴を帳簿に記載する。だが、班田にかかわる戸籍・計帳の記載に虚偽が絶えなかったように、馬牧の帳簿にも虚偽の記載が絶えなかった。帳簿に記載していない馬を大量につくり出して高値で売りさばく。そうした悪事に荷担しているのが武夫《つわもの》を称する火内甚八の仲間たちであった。

彼等の利益を損ねる行動に出れば、必ず報復される。その報復から逃れる術はない。源清蔭は、そのことをひどく怖れている様子であった。

だが、源清蔭とは対照的に、忠舒の表情が明るくなってきている。

火内甚八のことを利用してやる。そう思い立っていたらしい。

源清蔭のほうへと膝を進めていった忠舒が、

「命を狙われる怖れがあるということは、火内甚八という男は、この都に足を運んでいる。そうなのでしょうか」

「その通り。確か、今は……」

「はい」

「今は、近江国山中の蹈鞴場《たたらば》に姿を見せている。そういう噂だ」

「そうですか。わかりました」
すっくと立ち上がり、忠舒が足早に源清蔭邸をあとにした。

◇

仁明・文徳・清和・陽成と、かつて四代に亘って父子間での皇位継承が続いていた。それが、陽成天皇が十七歳にして退位すると、有力公卿たちの合議によって五十五歳の光孝天皇即位となった。

即位前、光孝天皇は名誉職の式部卿に就いていた。学問を好む穏和な人物として知られており、遥か昔に皇位継承争いから外れてしまっている。そういう認識をもたれている親王であった。そのため五十五歳の新帝誕生には驚きを隠せないという者たちが多数いたのだが、そのなかにあって、最大の感謝と歓迎をもって光孝天皇即位に祝杯をあげていたのが班子《なかこ》女王であったろう。班子女王は、桓武天皇の皇子・仲野《なかの》親王の娘という血筋にあった。天長十年（八三三）の生まれであったが、そのころ公家社会に君臨し続けていた偉大な存在が嵯峨上皇であった。

嵯峨上皇は、賢聖たるべく学問に励み、良吏の育成に余念がなかった。そのため嵯峨上皇の周りには多くの賢才たちが集まってきていた。ところが嵯峨上皇のあとの時代に移ると時代の様相が一変してしまう。

二十四歳で即位された文徳天皇は、生来の病弱であり、内裏に入って政治《まつりごと》を執ることが出来なかった。九歳で即位された清和天皇にしても、十六歳になるまで内裏に入ることがなく、じつに十五年の間、天皇の不執政時代が続いたのであった。

そして貞観八年（八六六）閏三月の応天門の変を迎える。大内裏・朝堂院の正門にあたる応天門が放火によって焼失した事件である。

当時、その事件に大きな衝撃をおぼえていたのが班子女王であった。応天門が焼失したことではなく、清和天皇が成人していたにもかかわらず、藤原北家の藤原良房が天下の政治《まつりごと》を摂《と》ることになったという重大事への衝撃であった。

皇族・皇親でなく、人臣に過ぎない藤原良房が、

「天皇大権を代行する」

班子女王にとっては、到底あり得ないことであった。

嵯峨上皇の君臨し続けていた都を理想としていた班子女王にとっては、それから辛い日々が長く続くことになる。だが、その憂さを晴らす好機が巡ってくる。それが元慶八年（八八四）の光孝天皇即位であった。

光孝天皇の妻室《つま》が、班子女王だったのである。

在位三年余にして夫・光孝天皇は崩御してしまうが、班子女王の強運は、その後も続く。

即位時、光孝天皇は自らの皇子・皇女たちの二十九人を臣籍降下させていた。その皇子たちの

なかから班子女王所生の定省王《さだみおう》が臣籍を削って立太子したのである。歴史上、臣籍降下していたものの即位例は、これが初めての出来事であった。

新帝・宇多（定省王）は母・班子女王の期待に応えるべく、藤原北家の勢力を抑え込もうとしていた。菅原道真等を重用して、天皇親政を開始したのであった。

が、その後の菅原道真失脚等によって明らかなように、政争に敗れた宇多上皇は、仁和寺に入って仏道に励むようになる。

ここで話を元に戻すが、陽成天皇が十七歳にして退位されたあと、どうして五十五歳の光孝天皇が即位したのか。

光孝天皇の即位には、当時の最高権力者であった藤原基経《もとつね》の影響が色濃く反映されていたはずである。

光孝天皇のもとには、藤原基経から、年中行事障子が献上されている。そして、その障子が内裏・清涼殿に設置されている。

正月から十二月までのあいだに、さまざまな年中行事が宮中において催される。その宮中行事を主催するにあたり、天皇は数多《あまた》の有職故実を学ぶことになる。その有職故実とは、歴代天皇によって継承されてきた天皇作法や歴代天皇による言動を含むものであった。

つまり天皇といえども、歴代天皇が継承してきた天皇作法や言動には従うべきである。よって天皇権力とは、絶対的なものではない。それには限界がある。藤原北家が、そうした考えを公家社会に周知浸透させようとしていたのかもしれない。

「天皇のために為したことは、それが律令を犯す行為であったとしても、王土の上においては許されるべきである」

都においては、そうした思想を有した勢力が少なからず残存していたのであろう。

藤原北家の推進している儀式中心の政治《まつりごと》が徐々に形成されていき、その儀式政治の成立に最も大きな貢献をなしていたのが宇多天皇のあとの醍醐天皇であった。正しい宮中儀式の模範例として、後世、醍醐天皇時代の故実・先例が重視されるようになる。

ちなみに、班子女王は六十八歳まで生きているが、最期を迎える時期《とき》まで藤原北家に囲い込まれてしまった孫の醍醐天皇に不快感を抱いていたらしい。

大の馬好きで知られていた陽成上皇は気性が荒く、ときには馬に乗って街中に出掛けて、ひどい乱暴行為に及ぶことがあったらしい。

また、宇多天皇に対して陽成上皇が、

「当代は、家人にはあらずや」

と、発言したことがあった。

定省王時代の宇多天皇が、陽成天皇の侍従を務めていたからであったが、自身のことを貶めようとしていた陽成上皇に対して、

「悪君の極み」

「物狂帝」

と、宇多天皇が罵り返している。陽成天皇は、とにかく評判の悪い人物であった。

本来の姿は、どうであったろう。

だが、意外に政治に強い関心をもち、反骨精神旺盛な、まことに逞しい人物であったかもしれない。
◇

その日、藤原忠舒は近江国山中の蹈鞴場に向かっていた。

偶然、その男と出遭ったのが、緩やかな曲線を描いている山径《やまみち》の途中であった。

才槌頭《さいづち》のその男は、

「経明様《つねあき》」

と、供人から呼ばれていた。

その男の行く先が、やはり蹈鞴場であり、男に同行して山径を進むことになったのである。

昼過ぎに辿り着いた蹈鞴場は、山の斜面を整地した平坦部にあって、畳四十帖ほどの広さがあった。

その場所に二つの土炉《かま》があり、土炉《かま》の傍らに四本柱に板屋根をのせた小屋がある。その下には鉄造《くろがねづく》りに使う砂鉄《すな》や木炭《すみ》、土炉《かまぬ》塗りのための粘土《つち》が置いてある。

蹈鞴吹きは三日三晩、土炉《かま》のなかに砂鉄《すな》と木炭《すみ》をくべて、約千三百度の炎によって砂鉄を鉄《くろがね》に還元する。長年の経験と勘が必要な難しい作業であった。

土炉の近くに立っている赤銅色に灼けた肌の男が、蹈鞴場の頭《かしら》であったらしい。鑿で削ったような深い皺が、男の面貌《かお》に刻み込まれている。

蹈鞴吹きの最盛期は冬場であり、夏場の湿気が蹈鞴吹きにとっての大敵である。

蹈鞴場の頭は、どうやら経明という男と顔見知りであったらしい。片手を振る仕種をしてみせてから、経明のほうに笑顔を向けて、

「土炉塗《かまぬ》りに使う粘土《つち》に、よく乾く粘土を混ぜてみた」

「それで、どんな具合だ」

「もう少し、工夫が必要だ」

「まあ、焦らぬことだ」

「蹈鞴場の神が、次には味方してくれるか」

「ああ。そういうことだ」

良質な砂鉄《すな》と木炭《すみ》の使用はもちろん、土炉《かまぬ》塗りのための粘土《つち》にまで良し悪しをつけて、そのほかにも木炭《すみ》の焼き具合や鞴《ふいご》の風の送り方にまで注意を払う。それから土炉のなかの炎とも会話を交わせるようにならなくてはならない。そういう努力を続けて、はじめて上質な鋼や鉄《くろがね》をつくり

出すことができる。それだけに蹈鞴場に働くものたちの表情《かお》は、どれも真剣そのものであった。

蹈鞴吹きに興味を抱いた忠舒が、暫くその作業の様子を眺めていた。そのうちに才槌頭の経明が蹈鞴場から離れていき、そこで自らの用件を切り出そうと、忠舒のほうから土炉の近くに足を進めていった。

すると、蹈鞴場の頭のほうから、

「これは藤原忠舒様……」

と、声を掛けられた。

蹈鞴場の頭が……火内甚八本人であった。

武蔵国小野牧を、勅旨牧に指定する。その案件を成立させようと、ある人物が動き出している。

火内甚八は、藤原忠舒の来訪を、どうやら予想していたらしい。

◇

害虫を追い払うためであろう。枯葉を燃やした跡が大量にあって、そこを通り過ぎた先の杣小屋の中に二人が足を進めた。

陽成上皇のことを、火内甚八は、どう思っているのであろう。

忠舒には、まず、その確認作業が必要であった。

陽成上皇こそが、天皇家の正統《しょうとう》である。いまだに火内甚八が、そう信じている可能性がある。

となると、火内甚八が、光孝・宇多・醍醐と続いている皇統を否定している。その可能性が高い。

そうなると、火内甚八が、武蔵国小野牧を醍醐天皇直轄の勅旨牧にするということに反対の意向を示している。当然、そういうことになる。

忠舒が、率直に、火内甚八に向かってそのことを尋ねてみると、

「藤原北家によって、天皇が狭い洛内と天皇作法のなかに閉じ込められてしまった。牙を抜かれてしまった皇位に、もはや上皇様は興味を失っていよう。吾《われ》もまた、都や皇位のことに興味はない」

その発言によって、俄然、忠舒のやる気が出てきた。

政治的な思想・信条の絡む話になると、その対立が長期化し、解決の糸口がまったく見いだせなくなる。

が、此度は、そうした心配が無用らしい。

ならば、あとは餌を撒いて火内甚八を味方につけてしまえばよい。

愛想笑いを顔にこしらえた忠舒は、火内甚八へ、

「火内殿に、良い話があるのだ」

「ほう……どのような？」

「莫大な利を得る。そういう話だ」

「いったい、どのような？」

「馬を盗んでほしい」

「馬を……どこから？」

「小野牧からだ」

「何……」

己のことをからかおうとしているのか。太い眉を吊り上げた火内甚八に対して、忠舒が焦りの色を見せることもなく、

「小野牧を勅旨牧にする。その件を、承知だな」

「承知だ」

「その件には、上皇様も反対の意向を示されている。だが、もしも小野牧から馬が消えてしまえばどうだ。馬が消えてしまった小野牧には、上皇様も、もはや興味を示されない。そうではないか」

「…………」

武蔵国小野牧には、約八百頭の馬が飼われているという。

その馬を、すべて盗み出してしまう。

そうすることによって、小野牧への執着心が、陽成上皇の中から消えてしまうというのである。

もちろん、盗んだ馬は、もとに戻す。

そのときには小野牧が勅旨牧に指定されている、という算段である。

途方もない計画であると、呆れ果てた火内甚八が、すぐさま忠舒へ、

「盗んだ馬を、小野牧に戻す。それで、どうして利を得る？」

「八百頭のうち、一割は、戻さずともよい」

「八十頭が……取り分ということか」

「坂東の土地は広い。八十頭の馬を連れて、新たな馬牧をつくれば良い」

「しかし……大丈夫なのか？」

「何が」

「八十頭の馬が消えた。そのことを追及されるのでは？」

「心配ない」

「どうして、断言できる」

「じつは……」

ここで忠舒が、最後の詰めを見誤った。

撒き餌に食いついてきている。早く釣り上げてしまえ。

忠舒には、焦りの色が生じていたのかもしれない。

「忠平様からの依頼があって、吾は、武蔵国小野牧の一件に関わるようになった」

自身の背後には、左大臣・藤原忠平が控えている。だから八十頭の馬が消えることくらいは何でもない。忠舒が、そのように口を滑らせてしまったのであった。

すると直後、杣小屋の柱に向かって、火内甚八の拳が叩きつけられた。

仁王立ちした火内甚八の姿は朱塗りの柱のように真っ赤に燃え上がっていた。

◇

翌日、自邸にもどった忠舒は、半日の間、板敷きの床の上にゴロリと寝転がっていた。

(此度《こたび》は失敗《しくじ》った……)

と、反省しきりだったのである。

自らの祖父が、陽成天皇の身近に仕えていた。それは全くの偽りであり、もともと火内甚八は藤原北家に恨みを抱いていない。心のどこかで、そのように決めつけていた。

しかし、こうなってしまった以上……。

もはや、直接、陽成上皇への説得を試みてみるしかないのか。

そうしたことを考え出していたところに、思わぬ来訪者があった。

目端の利く、如才ない男。それが、平貞盛に対する忠舒の印象であった。

桓武天皇の五代の苗裔・平貞盛は、左馬允として左馬寮に出仕している。それ故に、何か妙案が浮かんでいたのだろう。

「条件が、一つある」

そう前置きしてから、小さく首を横に振った平貞盛が、

「いや……やはり条件はあとにして、とりあえず話を始めよう」

と、流暢に語り出した。

皇室料馬の飼養・供給を担う勅旨牧は、信濃・上野・甲斐・武蔵の四ヶ国に限って設置されている。

信濃・上野・甲斐の三ヶ国においては、一国ごとに牧監《ぼくげん》が置かれており、その牧監が、勅旨牧を含めた一国内の馬牧を一括管理している。

一国を統治する受領《ずりよう》が、朝廷から派遣されるのと同じに、一国内の馬牧を管理する牧監《ぼくげん》が都から派遣されているのである。

ところが、武蔵国のみは例外であった。

武蔵国には石川牧（現・横浜市）・小川牧（現・あきるの市）・由比牧（現・八王子市）・立野牧（現・さいたま市、川口市）と四つの勅旨牧があった。

その四つの勅旨牧には、朝廷から任命された別当職が、それぞれに置かれている。

武蔵国には、一国内の馬牧を管理する牧監が置かれていなかったのである。

よって、武蔵国小野牧が勅旨牧に指定された場合には、朝廷より任命された別当職が馬牧の管

理にあたることになる。

陽成上皇の推した人物を、小野牧別当職に就けることができたならば、

「そこが良い落とし所になる」

平貞盛がそれを切り出してきたのであった。

いま、武蔵国においては、小野牧のみならず、秩父牧をも勅旨牧に指定しようという動きが加速している。

秩父牧は、宇多法皇の私牧。宇多法皇は、今上・醍醐天皇の父である。

天皇家の正統から外れてしまっている陽成上皇が、いくら勅旨牧指定の動きに反対の意向を示されていたとしても、いずれは朝廷側に屈せざるを得なくなる。

そして勅旨牧に指定されたあとの小野牧には、国衙からの正税が投入されるようになり、馬牧の運営に多くの官人たちが関わるようになる。

つまり陽成院と緊密に繋がってきた牧長や牧子たちの居場所が全てなくなってしまうということである。

「上皇様も、そうなることを分かっておられる。だからきっかけを待っておられる。ご自身の影響力を、小野牧に残すためには、何をすれば良いか。それが上皇様の本音だ」

もっともな意見であると、忠舒も、素直に同意を示そうとしていた。

だが、わざわざ此処に足を運び、どうして平貞盛は、自身のことを助けようとしてくれるのか。

忠舒には、そのことが解《げ》せなかった。

「一つ条件がある。そう申したが？」

訊かれた平貞盛が、忠舒へ、

「上皇様の推しにより、ある男を、小野牧の別当職に就かせたい」

「誰を別当職に？」

「昨日、忠舒殿が、会っていた男」

「昨日、吾が……まさか……」

「火内甚八」

「………」

小野牧の別当職に、火内甚八を就かせたい。まったく予想だにしていなかったことである。

（いったい、どういう魂胆か……？）

頭を忙《せわ》しく巡らしてみても、何も浮かんでこない。

すると、平貞盛のほうから大きく口を開いて、

「火内甚八のことを、吾は、哀れに思っている」

「哀れに……？」

「彼奴《きゃつ》の祖父は、上皇様の身近に仕えていた。しかし、藤原北家の策謀により、追放処分となって、そこから過酷な日々を過ごすようになった。これまでの火内甚八の苦労に、吾は、多少なり

とも報いてやりたい」

狩衣の袖をつかって涙を拭いはじめる平貞盛であった。

が、そうした演技に騙される忠舒ではなかった。

板敷きの床にドンと拳を叩きつけて、平貞盛へ、

「正直に申されよ」

「いったい、……何を？」

「小野牧の別当職に、火内甚八を就かせたい。その本当の理由は？」

「吾を、信じぬと」

「ああ。信じられぬ」

「ならば仕方ない……」

姿勢を崩した平貞盛が、今までとは異なる印象の表情を浮かべた。重濁《にご》った陰気に絡みつかれたかのような、狡猾にして、冥《くら》い表情であった。

「坂東の地は、今、大いに荒れている。近年の悪天候によって、飢饉も起こっている。そのため富豪・豪族たちの間では争いが絶えず、故郷の我が家においても、武力強化をはからねばならぬときを迎えている。小野牧を拠点としている火内甚八は、数多の武夫《つわもの》たちを仲間に抱え込んでいる。いま彼等と手を結ぶことが、我が故郷の家にとっての重大事だ」

貞盛の父・平国香《くにか》の本拠地は常陸国である。その常陸国周辺においては武力衝突が頻繁に繰り

返されている。一族一門の勢力を維持・拡大させていくためには、どうしても火内甚八の力が必要だという。

平貞盛からの告白をうけて、

(なるほど……)

と、忠舒が頷いてみせた。

小野牧の別当職に就かせる。その恩を売って、火内甚八を味方につける。そういう算段らしい。ただし、勅旨牧の別当職は、軽い役柄ではない。相応の身分がなくては、就けない地位といえる。火内甚八のことを、別当職に推してくれるよう、いかにして陽成上皇を説き伏せるというのか。

平貞盛の口から、そこで一案が出てきた。選りすぐりの駿馬十頭を用意してある。そのなかには坂東随一の名馬と評されている天狗鹿毛《てんぐかげ》という馬がいる。駿馬十頭を、火内甚八のほうから、陽成上皇に献上させる。それで陽成上皇の気を引こうというのである。

(上皇様への対応を、ずいぶんと考えている様子だが、朝廷側に対しては何か策を用意しているのであろうか。それにしても、無理のある話だ……)

忠舒は、正直に、そう感じていたが、

(駄目で元々……遣ってみる価値はあろう)

と、前向きな姿勢を示した。

早々に腹を括った忠舒は、平貞盛へ、

「献上の場は、何処になる?」

「河内国交野から、ほど近い、淀川沿いの馬牧。上皇様には、そこに御幸して頂く」

「以前に上皇様は、天狗鹿毛の噂を耳にして、ぜひとも手に入れたいと仰せになっていた。その望みが叶うのであれば、どこへなりとも足を運ばれよう」

「ならば後日、日取りを伝えよう」

「火内甚八のほうは、任せてくれ。必ず、淀川沿いの馬牧に連れていく」

「ああ。任せた」

「大いに期待してくれ。はははっ」

藤原忠舒が上機嫌に笑い出して立ち上がった。

◇

それから十日後、淀川沿いの馬牧において、火内甚八が壮絶な最期を遂げた。

計画通り淀川沿いの馬牧に足を運んだ火内甚八が、駿馬十頭を、陽成上皇へ献上しようとしていた。

すると平貞盛麾下《きか》の武夫たちが、猛然と、火内甚八に襲い掛かった。

最初から、平貞盛の狙いは、火内甚八の殺害だったのである。

あとになってから分かったことだが、火内甚八は、平国香の甥にあたる平将門と親しい間柄にあったらしい。

近江国山中の蹈鞴場に姿を見せていた経明という人物は、平将門麾下の多治経明《たじつねあき》という男であった。

都から故郷・下総国にもどっていた平将門は、近年、伯父・平国香との間に難しい問題を抱え込んでいた。

火内甚八と平将門が、手を組んでしまえば、父・平国香が窮地に陥る。

そのことを危惧していた平貞盛が、以前から、火内甚八の殺害を計画していた。

が、火内甚八は、賢くて逃げ足が速かった。

そのため陽成上皇のもとに駿馬十頭を献上する。そのことを口実として、淀川沿いの馬牧に火内甚八をおびき寄せる。

事前に平貞盛は、藤原忠舒へ、

「火内甚八には、吾の名を伏せてくれ。上手くことが運んだのちに、彼奴に仲間になってくれと頼む」

と、伝えていた。

陽成上皇への拝謁。それが火内甚八の宿願であったらしい。

そのため陽成上皇の御前においては、無様な姿を見せる、というわけにはいかなかった。

一歩たりとも退くことなく、火内甚八は、平貞盛麾下の武夫たちを迎え撃ったという。

赤銅色に灼けた肌には、数十本の征矢が突き刺さり、仁王立ちしたままに火内甚八は絶命したという。

◇

天慶二年（九三九）十一月、常陸国国衙を襲撃した平将門が、その翌月、坂東八国を制して新皇を称する。

朝廷は、この緊急事態に対処するため、藤原式家の藤原忠文《ただふみ》を征東大将軍に任じている。

そして、その副将軍が、弟の藤原忠舒であった。

が、しかし……。

武勇を発揮する機会が藤原忠舒には訪れなかった。都を発つ前に平貞盛軍を含んだ諸将の活躍によって、平将門軍が合戦に敗れてしまったからであった。

もしも火内甚八と平将門が固く手を結んでいたとしたならば、戦闘が、もう少し長期間にわたっていたかもしれない。

そうなっていたとしたならば、武勇を発揮する機会にめぐまれた忠舒流の藤原式家が、のちの世に源平両氏と双璧を為す武門に成長していたかもしれない。

能円法師

建久七年（一一九六）九月、保元の乱の古戦場である春日河原に能円《のうえん》法師と平時実《ときざね》の姿があった。

その場所には、崇徳上皇と藤原頼長《よりなが》を霊神とする粟田宮《あわたぐう》が建立されている。かつて、平家一門に敵対する陰謀事が相継いだことや、二条・六条・高倉の三帝が早世したことの原因が、崇徳上皇と藤原頼長の怨霊の仕業に違いないという次第になり、両人の御霊を慰撫するためのそれが建立された。

粟田宮を訪れる人は少なく、いま、霊社の敷地内に青々とした雑草が生い茂っている。

「しばらく此処《ここ》で待て」

警護の郎等たちに待機を命じた平時実が粟田宮の敷地内を能円法師と共にゆっくりと歩き出した。

保元の乱からは、すでに四十年が経過している。当時の能円法師は十七歳であり、それ以前の能円法師の少年時代は、鳥羽院政の最盛期であった。

院政の弊害は、ずいぶん前から多くの人々が語り尽くしている。天皇位を譲位し、治天の君となった上皇が、王家の頂点に君臨する。その上皇のもとに院庁が設置されて、院庁をとりしきる院近臣たちが、絶大な権力をふるい始める。そして独り立ちのできない天皇をよそにして朝廷内には私心をもった奸臣たちがはびこり始める。天皇と奸臣、上皇と院近臣、院近臣と荘園領主、荘園領主と地方武士……数多《あまた》の人々の利害が複雑に絡み合い、やがて組織が腐敗・堕落し、その結果として国衙領を不正に侵しての荘園立荘や賄賂による恣意的人事が横行し始める。

「貴人たちは酒、色、財にふけり、民の嘆きを知らず。いまも、あの世で、頼長様がお怒りであろう」

脳裏の片隅に、遠い記憶を蘇らせているのであろう。両眼を固く閉じた能円法師の背中に片手をそっと落とした平時実が、

「頼長様は、どうして、この白河の地で決戦に臨まれたのでしょう？」

と、訊いた。

鎌倉武士たちの間においても、その疑問がしばしば話題に上っていた。

悪左府と称されていた左大臣・藤原頼長は、

「日本一の大学生《だいがくしょう》」

と、称されていた。

大変な切れ者として、数多の公卿廷臣たちから怖れられる存在であった。

保元の乱の際、藤原頼長は主将・源為義からの進言を退けて白河の地での決戦に臨んだ。その結果、都の東郊・白河の地での二時《ふたとき》あまりの激戦は、後白河天皇方の大勝利に終わった。

合戦に対する鎌倉武士たちの意見は、おおよそ以下のようなものであった。

「摂関家本邸・東三条殿が、合戦の三日前に没官《もっかん》された。頼長様は、その時点において、謀反人の烙印をおされたも同然であった。合戦が長引けば、勝ち目はない。それで、やむなく白河の地での即日決戦に臨んだ」

もしくは、

「都の東郊・白河の地には、堅固につくられた寝殿伽藍と築地塀があって、大路には深い濠が穿たれてあった。戦い方次第では、崇徳上皇方にも勝機があった」

しかし、やはり兵力で格段に劣っていた崇徳上皇方であるからして、白河の地を一旦退いて別の場所での決戦に臨むべきであった。それが鎌倉武士たちの大方の意見であった。

「時実殿は、どう思う?」

問い返されて、寸時の間をおいてから平時実が、

「頼長様には、合戦の経験が皆無でござった。よって、あの場でのご判断に誤りがあったとしても、それを責めることはできません」

すると、首を小さく横に振った能円法師が、

「戦のことは、ようわからん。されども頼長様のお心はようわかるような気がする。頼長様は、白河の地で戦えば、自軍の不利になる。そのことをよく承知なされていた。しかし頼長様は、それでもなお、白河の地を戦場に選ばれた……」

即身成仏を遂げようかという高僧のように、能円法師が思慮深い表情を浮かべていた。

◇

かつて能円法師の生母は、摂関家家司《けいし》・平時信《ときのぶ》のもとに嫁していた。

平時信は、平時忠・時子姉弟の実父である。

平時信と離別したあとの能円法師の生母は、摂関家家司・藤原顕憲《あきのり》の妾となり、二人のあいだに能円法師が生まれる。

ちなみに、能円法師の実父・藤原顕憲の妹は、関白・藤原忠実《ただざね》のお手つきとなって、一人の男子を出産している。その男子がのちに崇徳上皇を担いで保元の乱をひき起こした左大臣・藤原頼《より》長《なが》である。

つまり、能円法師の実父・藤原顕憲の一族は、保元の乱をひき起こした左大臣・藤原頼長と大変近しい関係にあった。しかし、能円法師は幸いにして、保元の乱と関わることがなかった。実

父・藤原顕憲が保元の乱以前に没していたので、いつの頃か能円法師は、平時子のもとに引き取られて彼女からの庇護を受けるようになっていたのである。

平家一門所属となった能円法師は、時子の夫・平清盛の引き立てにより法勝寺執行《しゅぎょう》などの要職を歴任した。そんな能円法師であるから、源平合戦の際は都落ちした平家一門と共に西海へ奔《はし》り、壇ノ浦の敗戦を経験している。

もう一人の平時実は、平氏にあらざれば人にあらず、との高言によって史上に有名となっている権大納言・平時忠《ときただ》の息子である。

壇ノ浦における平家一門滅亡を目の当たりにしている能円法師と平時実は、敗戦後、流罪に処せられているが、文治五年（一一八九）の奥州藤原氏征伐が終了し、名目上の天下落居《らっきょ》（平和）を迎えてから罪を赦《ゆる》された。

二人は、いま、都において平穏な暮らしを続けている。

◇

「その木箱は？」

能円法師は、十五歳にして出家を果たしたが、その一年後の、久寿《きゅうじゅ》二年（一一五五）の冬の日のことであった。

その年、後白河天皇が即位された。

つまり、保元の乱の一年前ということになる。

藤原顕憲の息子……つまり能円法師にとっての異母兄にあたる藤原盛憲《もりのり》の脇に小箱が置かれていた。

「御倉町《みくらまち》に収められていた小箱だ。残念だが、捨てることにした」

生真面目な藤原盛憲は、人前において滅多に笑顔を見せることがなかった。

歴史上、藤原盛憲は、有名な人物とはいえない。しかし、もう少し時代を下れば、藤原盛憲の末葉にあたる人物たちが、大いに史上を賑わすことになる。六代鎌倉将軍・宗尊《むねたか》親王の鎌倉下向に藤原盛憲の末葉が加わり、その家系に属するものたちが関東管領・上杉氏や戦国武将・上杉氏に成長していく。

青年時代の能円法師は、この異母兄から大きな影響をうけていた。そして藤原盛憲は、悪左府と称されていた左大臣・藤原頼長から大きな影響をうけていた。

ところで、御倉町とは何か。それは東三条殿の東隣に接している倉庫群のことである。

東三条殿とは、摂関家本邸のことであり、幅員十七丈と儀式の場でもあった二条大路、その南《みなみ》頬《つら》に接した豪奢な寝殿造りである。

その東三条殿の東隣に接した御倉町には、

「朱器《しゅき》以下物《いかもの》……」

と呼ばれる、摂関家重宝が保管されていた。

重宝を受け継ぐものは藤氏一門・氏長者《うじのちょうじゃ》であり、天皇家にとっての三種の神器のごとく、それは大変に貴重なものであった。

摂関家・御倉町に収められた宝物《ほうもつ》を、どうして捨てようとしているのか。

すぐに、その答えが出た。

木箱の中から取り出された古い鼓が無惨に壊れていたからであった。

無惨に壊れた宝物に視線を注いでいる能円法師が、藤原盛憲へ、

「修理することが、無理なのでしょうか。その壊れようでは……」

「捨てるしかあるまい」

「それにしても、鼓は、どうしてそのような有様になってしまったのです」

「それは……」

藤原盛憲の顔面《おもて》に暗い翳が差した。

能円法師の頭の中には、このとき瞬時のうちに浮かび上がってくるものがあった。

（おそらくは、あのお方の仕業であろう……）

と、その想いが浮かんでいたのである。

◇

左大臣・藤原頼長の兄である関白・藤原忠通《ただみち》。

その忠通の息子・慈円《じえん》が『愚管抄』のなかで、保元の乱のことをこのように記している。

「鳥羽法皇が崩じられてのち、日本国に乱逆ということが起こり、それから武者の世となった」

その記述通り、保元の乱に続いて平治の乱が起こり、武門平家が天下を獲《と》り、次に平家一門を討ち滅ぼした源頼朝が鎌倉に幕府をひらいた。

武者の世を招いた保元の乱は、いったい、どうして起こったのか。

それは久寿二年（一一五五）七月、自らの皇子をもうけることなく、宝算十七にして近衛天皇が崩じたことに始まる。

新帝候補者には、雅仁《まさひと》親王（後白河天皇）の他にも崇徳上皇の第一皇子・重仁《しげひと》親王があった。

どちらの候補者が有力であったかといえば、今様狂いで政治に無関心の雅仁親王よりも、天皇位の器には重仁親王こそが相応しいとの評判であった。

いずれの親王が皇位に就くことになったとしても……。

やはり、摂関家の頂点に君臨していた藤原忠実《ただざね》・頼長父子のもとへ、

「新帝に、どなたを推すべきか」

鳥羽法皇からの諮問があって然るべしであった。

ところが、その諮問に預かっていたのが、村上源氏の源雅定《まささだ》、閑院流藤原氏の三条公教《きんのり》、摂関

家の藤原忠通の三人のみであった。

左大臣・藤原頼長の生きた時代。つまり、白河・鳥羽の両院政期における天皇家が特徴的な二つの側面を備えていたことは紛れもない事実であった。一つは天孫としての権威・伝統を継承する天皇の姿であり、もう一つは堅苦しい権威・伝統から解放された上皇の姿である。

御願寺領《ごがん》や女院領などを含む莫大な王家家産領の富と武力を一手に掌握して、権門勢家としての王家を統べていた上皇は、この時代、

「治天《ちてん》の君」

と、称されていたのである。

摂関家にしても、同じことが言えた。公的な役割を担う人物としての摂政・関白が一人。そして莫大な摂関家家産領を一手に掌握して権門勢家・摂関家の頂点に君臨していたもう一人の人物が、この時代、

「大殿《おおとの》」

と、称されていたのである。

保元の乱の前段階において、大殿・藤原忠実によって、関白・藤原忠通は義絶されていた。摂関家における次代の大殿の座は、左大臣・藤原頼長に委ねられることが確実視されていたのである。

にもかかわらず、治天の君であった鳥羽法皇は、藤原忠実・頼長父子のことを完全に無視して

いた。父子のことを除外したまま、王者の議定がひらかれて、雅仁親王の登極が決定してしまったのであった。

藤原頼長は、鳥羽法皇の崩御後、宇治から手勢をひきいて都の東郊・白河の地に入った。保元元年（一一五六）七月のことである。

すぐさま軍議に入ると、宇治か近江国に陣地を移して東国武士の援軍を待つべき。もしくは坂東に向かう。そのどちらも採らないのであれば、

「いますぐ内裏へ夜討ちを仕掛けましょう」

と、主将の源為義が進言してきた。

ところが、藤原頼長は、その意見を一蹴した。

「天皇と上皇の国争いに、夜討ちなどはもってのほか。正々堂々と戦うべき」

そのように主張していた、と伝えられている。

結果、後白河天皇方の先制攻撃によって合戦が開始された。平清盛・源義朝・足利義康を三手大将とした天皇方の軍勢が五百余騎。源為義・平忠正・平家弘らを主将とした上皇方の軍勢が二百数十騎。兵力では格段に劣っていたものの、白河北殿に立て籠もっていた崇徳上皇方においては鎮西八郎・源為朝らの奮戦があって、戦いは白河北殿の築地塀を挟んだ一進一退の攻防戦が続いた。

天皇方にとっては、予想外の苦戦であったろうが、ようやく一進一退の攻防戦に終止符を打っ

たのが源義朝の火攻めであった。西風に煽られた炎と黒煙が白河北殿を覆い尽くし、崇徳上皇方の有力武将たちが東門を目指して一斉に逃走を開始したのであった。

藤原頼長は、この混乱の最中に矢傷を負って、南都に逃れる途中で落命している。享年三十七。都の東郊・白河の地で起こった二時《ふたとき》あまりの激戦は、後白河天皇方の大勝利に終わったのである。

◇

市中の芸能者たちと盛んに交わり、奇妙な歌や踊りを好んだ雅仁親王のことを暗愚な親王といって憚らない面々が少なくなかった。

しかし雅仁親王の周囲につどう芸能者たちには、形式にこだわり、活力をすっかり喪失してしまった公家社会にはもはや皆無の、新鮮で愚かしいほどの力強さがあった。雅仁親王は、王家の血筋に不似合いというべきか、それともそれこそが王家本来の血筋というべきか、さまざまな意志や能力をもった芸能者たちを高く評価して御自身の不思議な魅力によって彼らの多くを虜にしていた。

藤原盛憲は、一度だけ、後白河天皇主催の宴に参加したことがあった。そのとき藤原盛憲が奇異に感じていたことは、後白河天皇を慕って宴に参加しているはずの白拍子や遊女たちの表情がじつに暗かったことだ。後白河天皇と共に心の底から宴を楽しんでいたのは、ほんの一握りの特別な才に恵まれた芸能者たちのみであり、その周囲には憎しみに満ちた暗い顔がいくつも居並んでいたのである。

そして、そのものたちの顔は、暗く塞がれた穴の中で、

「狂った光……」

を眩しく見つめているようであった。

藤原頼長が、自らの手で鼓を壊したのが、その宴が終了した後のことであったという。

藤原盛憲が、その現場を目撃していたというのだ。

「礼とは何だ」

ある日、藤原盛憲からそう訊かれて、当時、まだ十代であった能円法師は、

「人として逃れようのないもの。また人として従うべきもの。そうしたものの、一つ一つを、まとめあげたもの。そういうものではないでしょうか」

当時、藤原頼長が、義理や礼についての考究に傾倒していた。

藤原頼長の側近であった藤原盛憲にしても、経書を重視して、漢家の書物を読みあさっていた。

自信なく答えて、不安そうにしていた能円法師を前にして、藤原盛憲が、

「唐においては、律令とは別個に、礼の編纂がなされていた。しかし、我が国において礼の編纂はなされなかった。そこでだ……我が国における、礼の源泉は、何処《いずこ》にある?」

「それは……内裏におわす……天皇でしょうか」

「天皇の、お人柄。天皇の仁徳。それらが我が国の、礼の源泉となろう。だから天皇は自ら賢聖たるべく、日々の精進と研鑽を欠かしてはならぬ。もしも天皇がほしいままに振る舞うようであれば、都はもちろん、諸国の民にしても、我欲にまかせた行動に走るようになる。それでは世が治まらぬ」

「はい。その通りです」

「しかし、今の世の人々は、自らの分を逸脱し、身勝手な振る舞いを繰り返している。どう対処しよう。内裏が、夜通しの歓楽に興じている今……」

「法によって、厳しく取り締まる。それが肝要でしょう」

「しかし、その対応では、民の反発が大きくなろう。ますます世が混乱する」

「でしたら……」

出家の身としては、相応しくない言葉を吐きそうになっていたのであろう。

咄嗟に口を噤んだ能円法師へ、藤原盛憲が、

「今の世は、武士たちの、下からの力により支えられている。諸国の民を屈服させているのは、武士たちの力であり、天皇や朝廷の威光は消えかかっている。武士たちの力が、もはや抑えがたきところにまで達してしまっているということだ。世の中が、これ以上乱れて、武士たちの力が増していけば、近い将来、公家の世は閉じることになる。頼長様は、そのことを怖れていたのだ

……」

遠い昔の記憶が、能円法師の頭の中に鮮明に蘇ってきていた。

◇

「征夷とは、何じゃ？」

能円法師に、そう訊かれて、

「夷《えびす》を討つことでござる」

と、平時実が素直に答えた。

粟田宮の上空に、秋晴れの空がひろがってきている。

能円法師は、真剣な眼差しを向けてきた平時実へ、

「征夷とは、まさしく夷を討つこと。ただし、仏法・王法が衰えたいま、その夷は諸国のいたるところにおる。そこで、その夷が、都の中に巣くっておったらどうする。誰が力をもって、その夷を退治する」

息を呑んだ平時実が、能円法師の皺顔を食い入るように見つめながら、

「まさか……頼長様は、白河の地を……」

「白河の地を……何だ？」

「合戦は、夷の地で起こるもの。つまり白河の地を夷の地とみなされていた。そういうことでしようか」

「ふむ」

「どうなのです」

「数多の大寝殿と大伽藍が建造されて、いまでは、五重塔や三重塔が十余りも点在し、金堂・講堂・阿弥陀堂等の甍が数え切れないほどである。我欲に任せて民を上から見下ろす。白河の地の巨大な寝殿や伽藍は、この王土に相応しくない。少なくとも、この私の眼には、そう映っている……」

かつて、能円法師の属していた平家一門の総帥・平清盛は、武人というよりも富を得ることの才に長じた人物であったかもしれない。蓄財に長けていた平清盛は、宋との貿易に着目し、それに尽力していた。その結果、多量の宋銭が都に流入して、大いなる町の繁栄と共に人心の荒廃をもたらした。拝金がはびこり、勧進《かんじん》の僧たちまでもが人の価値を銭の多寡ではかるようになり、高堂大廈《こうどうたいか》の甍の下に埋もれた町の住人たちが悲鳴と嗚咽をもらし続けた。

白河・鳥羽の両院政期から今の世にいたるまで、飢えと病に苦しんでいる諸国住人たちが暗い穴の中に沈み込み、狂った光を眩しく見つめ続けている。

能円法師は、そうした悲惨な有様を目の当たりにするたびに、異母兄・藤原盛憲と藤原頼長の毅然とした姿を想い起こす。

「それ、みたことか！」

「何もせぬからだ」

「お前たちが！」

と、叱られているような気分に苛《さいな》まれるのであった。

◇

「ん？」

平時実の視線が、門前のほうへ注がれている。

警護の郎等が、勢い良く駆け寄って来たからであった。

「いかがした？」

と、平時実。

警護の郎等は、折り目正しく姿勢をととのえてから、

「怪しい者たちが、近づいております」

「鎌倉の手の者か？」

「わかりませぬ。しかし、用心が必要です」

「して……怪しいとは、どのように？」

「芸能の民の装いをしておりますが、まだ、詳しいことは……」

「ほう……芸能の……」

粟田宮の門前に、まもなく姿を現わしたのが、まさしく芸能の民の集団であった。

竜笛《りゅうてき》と篳篥《ひちりき》の音が鳴り響いたあとに、天から降りそそいできたかのような笙の音に包まれて、小袖姿の女が踊り出す。

女は、凛とした姿であり、その踊りは一切形式にとらわれず、ときに修練した妓女のように巧みであり、ときに田に遊ぶ童女のように奔放であり、ときに巫女のように神秘的である。

その踊る姿を、じっと眺め出している能円法師が、

「見事じゃ。ははは っ！」

と、大声を上げて笑い出した。

ただし、平時実の表情は険しいままである。

この年の夏、親鎌倉派を代表している公卿・一条能保《よしやす》への襲撃未遂事件が起こっている。

その犯人は、平知忠《ともただ》であった。

源平合戦に奮戦し、壇ノ浦に入水を果たした、平知盛の遺児である。

この事件をきっかけとして、在京の鎌倉武士たちが、かつて平家一門に属していた者たちへの警戒心を強めている。

平家一門に属していた。ただそれだけの理由により、危うく命を落としかけるものたちが続出

しているのである。

能円法師が、長々と、芸能の民のほうを眺めている。

これまでの五十七年間、能円法師は、悲喜こもごも、多くの人々の人生を眺めてきた。

保元の乱においては、左大臣・藤原頼長が矢に射られて落命し、異母兄・藤原盛憲が流罪の憂き目にあった。

平治の乱においては、平清盛が戦功を挙げて、武門としては異例といえる太政大臣にまで出世を果たした。能円法師の異父姉・時子は、娘・徳子が安徳天皇を産んだことにより、天皇の祖母となった。が、しかし、そのあと時子は、安徳天皇と共に壇ノ浦の海に入水を果たした。

能円法師自身は、源平合戦終了後、備前国へと流罪となったが、今はこうして、長閑《しずか》に余生を過ごしている。

能円法師は、警戒心を、いっこうに解こうとしていない平時実の肩をそっと叩いて、

「過ぎたるものを得た。やはり、それが悪かったのかもしれん……」

そう呟き、秋晴れの空を見上げた。

秋晴れの空を、やはり見上げ出している平時実へ、能円法師はさらに続けて、

「摂関家の嫡流は、忠通様であり、もともとが、弟の頼長様ではなかった。また、時実殿の父であり、我が異父兄・時忠の家は、権大納言にまで出世が叶う家格になかった。ましてや清盛様の太政大臣への出世などは言わずもがなであった。私は、法勝寺の執行という、まああの身分に

留まった。それが幸いしたのであろう。質素ではあるが、病なく、平穏に、ここまで生き続けることができている」

「病なく、健やかに、日々を過ごせる。何よりのことでございます」

「今、頼朝様は……」

「何でしょう?」

「頼朝様は、娘の大姫を、後鳥羽天皇のもとに入内させようとしている。都と鎌倉が、これからどうなっていくのか、この眼で、その成り行きを見つめていきたい」

「法師様は、きっと私より、長生きします」

「時実殿は、幾つになられた?」

「四十六です」

「欲をかかず、時実殿も、これよりは気楽に過ごされることだ。過ぎたる望みは、己の寿命を縮める」

「肝に銘じておきます」

「お互い、病に気をつけ、ゆるりと過ごしていこう」

　粟田宮の敷地内を、ゆっくりと、二人が肩を並べて歩き出した。

◇

能円法師の死が、その日から三年後の、正治元年（一一九九）八月であった。

その一年前に、能円法師にとっての大事件が起こっている。

寿永二年（一一八三）七月、木曽義仲軍の上洛を怖れて、平家一門が都落ちした際のことであった。

平家一門と運命を共にしていた能円法師には、当時、一人の妻がいた。

その女は、高倉範季《のりすえ》の妹・範子《のりこ》であり、夫婦のあいだに在子《ありこ》という娘がいた。

平家一門の西奔時、範子と在子は、都に残るという決断をして、西海へ奔った能円法師と生き別れている。

すると、稀代の野心家・源通親《みちちか》が、この好機を見逃さなかった。

能円法師の西奔後、源通親は範子へと言い寄り、彼女を妻とした。そして、その娘・在子をも自らの養女とした。

じつは範子が乳母として養育していたのが尊成《たかひら》親王（後鳥羽上皇）であった。

源通親が掌中に収めた奇貨が、見事に華を開かせる。

尊成親王が、安徳天皇に代わる新帝に推されたのであった。

そして源通親の養女・在子と後鳥羽天皇が結ばれて皇子が誕生する。

その皇子が、後鳥羽天皇の次に登極を果たした土御門天皇であった。

土御門天皇の生母・在子は、能円法師の実娘《むすめ》である。

つまり、能円法師の孫が、土御門天皇であった。

能円法師は、自分自身の孫の即位を知らされたときに、途方もない畏れを抱き始めたという。

「この国の礼と理。その源泉となるべき天皇が、わが血筋とは……」

それから能円法師は体調を崩してしまい、あっけなく、六十歳にして生涯を終えてしまった。

参考文献

『戎光祥中世史論集 第8巻 承久の乱の構造と展開―転換する朝廷と幕府の権力』
野口実編　戎光祥出版
『古代政治史における天皇制の論理〈増訂版〉』河内祥輔　吉川弘文館
『日本史リブレット12　受領と地方社会』佐々木恵介　山川出版社
『菅原道真の実像』所功　臨川選書
『孝謙・称徳天皇　出家しても政を行ふに豈障らず』勝浦令子　ミネルヴァ書房
『中国の歴史6　絢爛たる世界帝国　隋唐時代』氣賀澤保規　講談社
『八条院の世界　武家政権成立の時代と誇り高き王家の女性』永井晋　山川出版社
『山梨県史　通史編1　原始・古代』山梨県　山梨日日新聞社
『藤原良房・基経　藤氏のはじめて摂政・関白したまう』瀧浪貞子　ミネルヴァ書房
『平安朝の漢詩と「法」　文人貴族の貴族制構想の成立と挫折』桑原朝子　東京大学出版会
『義経の登場　王権論の視座から』保立道久　NHKブックス
『平家後抄（上）（下）』角田文衛　朝日新聞社
『藤原頼長』橋本義彦　吉川弘文館

参考文献

『源通親』橋本義彦　吉川弘文館
『王と公　天皇の日本史』鈴木正幸編　柏書房
『海人と天皇（上）（下）―日本とは何か』梅原猛　新潮社
『逆説の日本史４　中世鳴動編　ケガレ思想と差別の謎』井沢元彦　小学館
『梶原景時　知られざる鎌倉本體の武士』梶原等　新人物往来社
『八幡神とはなにか』飯沼賢司　角川ソフィア文庫

著者プロフィール
市村 嘉平（いちむら かへい）
1964年生まれ。
群馬県在住。
明治大学卒業。

与一と坂額　天慶前夜

2025年３月15日　初版第１刷発行

著　者　市村 嘉平
発行者　瓜谷 綱延
発行所　株式会社文芸社
〒160-0022　東京都新宿区新宿１－10－１
電話　03-5369-3060（代表）
03-5369-2299（販売）

印刷所　株式会社暁印刷

© ICHIMURA Kahei 2025 Printed in Japan
乱丁本・落丁本はお手数ですが小社販売部宛にお送りください。

送料小社負担にてお取り替えいたします。

本書の一部、あるいは全部を無断で複写・複製・転載・放映、データ配信することは、法律で認められた場合を除き、著作権の侵害となります。

ISBN978-4-286-25966-6